人《ひと》は
ひどいよ かっちゃん…！
泣《な》いてるだろ…!? これ以上《いじょう》は
ガタ
ガタ
ガタ
ガタ
僕《ぼく》が許《ゆる》さやなへぞ
〝無《む》個《こ》性《せい》〟のくせに
ボムッ
ヒーロー気《き》取《ど》りかデク!!
ニョキッ
バサ
生《う》まれながらに平等《びょうどう》じゃない
No.《ナンバー》1 緑《みどり》谷《や》出《いず》久《く》：オリジン
ひ
これが齢《よわい》四《よん》歳《さい》にして知《し》った社会《しゃかい》の現実《げんじつ》。

そして僕《ぼく》の
うわっ
最初《さいしょ》で最後《さいご》の挫折《ざせつ》だ
でっけー敵《ヴィラン》!!
BVLGORI

No.《ナンバー》1
緑《みどり》谷《や》出《いず》久《く》：オリジン
英会話
田等院駅

MY HERO ACADEMIA

僕《ぼく》のヒーローアカデミア

事《こと》の始《はじ》まりは
中国《ちゅうごく》 軽慶市《けいけいし》
〝発光《はっこう》する赤児《あかご》〟が
生《う》まれたという
ニュースだった！
以降《いこう》 各地《かくち》で
「超常《ちょうじょう》」は発見《はっけん》され
原因《げんいん》も判然《はんぜん》と
しないまま
時《とき》は流《なが》れる
いつしか
「超常《ちょうじょう》」は
「日常《にちじょう》」に…
「架空《ゆめ》」は
「現実《げんじつ》」に!!!
世界総人口《せかいそうじんこう》の約八割《やくはちわり》が
何《なん》らかの
〝特異体質《とくいたいしつ》〟である
超人社会《ちょうじんしゃかい》となった現在《げんざい》！
混乱渦巻《こんらんうずま》く
世《よ》の中《なか》で！
かつて誰《だれ》もが
空想《くうそう》し憧《あこが》れた
一《ひと》つの職業《しょくぎょう》が
脚光《きゃっこう》を浴《あ》びていた!!

来《く》るんじゃねえええ!!
怪物化《かいぶつか》とか すげー〝個性《こせい》〟 何《なに》やらかしたん?
引《ひ》ったくり 追《お》い詰《つ》められて 暴《あば》れてんだと
敵《ヴィラン》出《で》ちゃって… 電車《でんしゃ》も…ええ 会社《かいしゃ》着《つ》くの いつになるか…
キャー ガンバレ カムイー!!
わあぁ…
田等院駅
グイ グイ
プハっ
誰《だれ》 戦《たたか》ってます!?
緑谷出久《みどりやいずく》〈14〉

通勤《つうきん》時間帯《じかんたい》に
能力《のうりょく》違法《いほう》行使《こうし》
及《およ》び強盗《ごうとう》致傷《ちしょう》
トッ
まさに
邪悪《じゃあく》の権化《ごんげ》よ
「シンリンカムイ」!!
人気《にんき》急上昇中《きゅうじょうしょうちゅう》の
若手《わかて》実力派《じつりょくは》!!
聞《き》いといて解説《かいせつ》か!
兄《にい》ちゃん…
オタクだな!!?
あいや
うへへ…
ギチチ…
懲戒《ちょうかい》
一発《いっぱつ》ハデに
見《み》せろよ
樹木《じゅもく》マン!!
あ! 出《で》ますよ
「先制《せんせい》必縛《ひっばく》…
ウルシ鎖牢《さろう》」!!!

ズド
キャニオンカノン!!
!?
!?
キタコレ
キタコレ
キタコレ
キタコレ
キタコレ
キタコレ
キタコレ
キタコレ
ササササ
本日《ほんじつ》デビューと相成《あいな》りました!
Mt.《マウント》レディと申《もう》します!以後《いご》お見《み》シリおきを!
TATSUYA
TATSUYA

"超常《ちょうじょう》"に伴《ともな》い
爆発的《ばくはつてき》に増加《ぞうか》した
犯罪件数《はんざいけんすう》
法《ほう》の抜本的改正《ばっぽんてきかいせい》に
国《くに》がもたつく間《あいだ》
勇気《ゆうき》ある人々《ひとびと》が
コミックさながらに
ヒーロー活動《かつどう》を始《はじ》めた
"超常《ちょうじょう》"への警備《けいび》!
悪意《あくい》からの防衛《ぼうえい》!
たちまち市民権《しみんけん》を得《え》た
ヒーローは
世論《よろん》に押《お》される形《かたち》で
公的職務《こうてきしょくむ》に定《さだ》められる
彼《かれ》らは
活躍《かつやく》に応《おう》じて
与《あた》えられるんだ
……
国《くに》から収入《しゅうにゅう》を!!
人々《ひとびと》から名声《めいせい》を!!!
巨大化《きょだいか》か…
人気《にんき》も出《で》そうだし凄《すご》い
"個性《こせい》"ではあるけど
それに伴《ともな》う街《まち》への被害《ひがい》も
考《かんが》えると割《わり》と限定的《げんていてき》な
活用《かつよう》になっていくか?
いや…大《おお》きさは自在《じざい》かそれか
ブフッ
おいおいメモて!!
ヒーロー志望《しぼう》かよ
イイネ頑張《がんば》れよ!!
ササッ
……!
つはい!!
頑張《がんば》ります!!
えー
おまえらも
三年《さんねん》ということで!!
本格的《ほんかくてき》に将来《しょうらい》を
考《かんが》えていく
時期《じき》だ!!
ピラッ
折寺中学校

今《いま》から
進路希望《しんろきぼう》のプリント
配《くば》るが 皆《みんな》!!!
ぐあっ
だいたい
ヒーロー科《か》
志望《しぼう》だよね
ハーイ
ニョキ
プクー
ガジガジ
スイ〜
ビン
ズワ
ゴッガッ
うんうん
皆《みんな》良《い》い〝個性《こせい》〟だ
でも校内《こうない》で
〝個性《こせい》〟発動《はつどう》は
原則禁止《げんそくきんし》な!
せんせえ——
「皆《みんな》」とか
一緒《いっしょ》くたに
すんなよ!

俺《おれ》はこんな“没個性《ぼっこせい》”共《ども》と仲良《なかよ》く底辺《ていへん》なんざ行《い》かね――
よ
爆《ばく》豪《ごう》勝《かつ》己《き》〈14〉
そりゃねーだろカツキ!!!
ブー
ブー
モブがモブらしくラっせ――!!!
あー確《たし》か爆豪《ばくごう》は…
『雄英高《ゆうえいこう》』志望《しぼう》だったな
先生
ざわ
…
国立《こくりつ》の!? 今年《ことし》偏差値《へんさち》79だぞ!!?
ざわ ざわ
倍率《ばいりつ》も毎度《まいど》やべーんだろ!?
そのざわざわがモブたる所以《ゆえん》だ!
模試《もし》じゃA《エー》判定《はんてい》!! 俺《おれ》は中学《ウチ》唯一《ゆいいつ》の雄英圏内《ゆうえいけんない》!
ガタ
あのオールマイトをも超《こ》えて俺《おれ》はトップヒーローと成《な》り!!
必《かなら》ずや高額納税者《こうがくのうぜいしゃ》ランキングに名《な》を刻《きざ》むのだ!!!
ぐあ
あ

そいやあ緑谷《みどりや》も
雄英《ゆうえい》志望《しぼう》だったな
ピクッ
ばっ!!
ビク
はあぁ!?
緑谷《みどりや》あ!?
ムリッしょ!!
ははははは
勉強《べんきょう》出来《でき》る
だけじゃ
ヒーロー科《か》は
入《はい》れねんだぞー!
ブブーー!!
ビビク!!
ははは
そっ…そんな規定《きてい》
もうないよ!
前例《ぜんれい》がないだけで…
ははは
ガタッ
こらデク!!!
どわ!!?
BOOOM

〝没個性《ぼっこせい》〟どころか〝無個性《むこせい》〟のてめェがあ〜
何《なん》で俺《おれ》と同《おな》じ土俵《どひょう》に立《た》てるんだ!!?
待《ま》っ…
違《ちが》う待《ま》ってかっちゃん
別《べつ》に…張《は》り合《あ》おうとかそんなの全然《ぜんぜん》！
ゴッ!
本当《ほんとう》だよ
ダバババ
ただ…小《ちい》さい頃《ころ》からの目標《もくひょう》なんだ…それにその…
やってみないとわかんないし…
なアにがやってみないとだ!!!
記念受験《きねんじゅけん》か!!
ププッ
ひっ
てめェが何《なに》をやれるんだ!?
クス
クス
クス
クス

……
PM《ピーエム》0:02
同市内《どうしない》
キャアアア!!!
強盗《ごうとう》だア!!!
誰《だれ》かああああ!!
掴《つか》まえられるもんなら
ヌポ
捕《つか》まえてみな!!!
すぐ誰《だれ》か来《く》るのにな
ゴホ
ゴホ
今朝《けさ》の混乱《こんらん》に乗《じょう》じたんだろ
〝個性《こせい》〟もて余《あま》してる奴《やつ》なんていくらでもいるし
キリねえなー
キリはある
何故《なぜ》って?

私《わたし》が来《き》た!!
がや
カラオケ行《い》こーよ
それっきゃねーな!
がや
ガタ
ガタ
スイスイ
今朝《けさ》の事件《じけん》ヤフートップだ!
♪~
将来の為のヒーロー分析 No.13
Campos
早《はや》く帰《かえ》ってノートにまとめなきゃ
ビッ
あっ
話《はなし》まだ済《す》んでねーぞデク
カツキ何《なに》ソレ?
「将来《しょうらい》の為《ため》の…」マジか!? く~~緑谷《みどりや》~~~~!!
いっ良《い》いだろ返《かえ》してよ!!
ボム
あ――――!!!!?

ひどい…!!
一線級《いっせんきゅう》のトップヒーローは大抵《たいてい》学生時《がくせいじ》から逸話《いつわ》を残《のこ》してる
ポーイ
俺《おれ》はこの平凡《へいぼん》な市立中学《しりつちゅうがく》から初《はじ》めて！唯一《ゆいいつ》の！
「雄英進学者《ゆうえいしんがくしゃ》」っつー〝箔《はく》〟を付《つ》けてーのさ まー完璧主義《かんぺきしゅぎ》なわけよ
みみっちい…
つーわけで一応《いちおう》さ
雄英《ゆうえい》受《う》けるなナードくん
ビク
ポン
………
いやいや…さすがに何《なに》か言《い》い返《かえ》せよ
言《い》ってやんなよ
かわいそうに中三《ちゅうさん》になってもまだ彼《かれ》は 現実《げんじつ》が見《み》えてないのです

あ
そんなにヒーローに就《つ》きてんなら効率《こうりつ》良《い》い方法《ほうほう》あるぜ
来世《らいせ》は〝個性《こせい》〟が宿《やど》ると信《しん》じて…屋上《おくじょう》からのワンチャンダイブ!!
ぼっ
パキッ
ボッ
何《なに》よ？
……
バカヤロー！本当《ほんとう》に僕《ぼく》がトんだら自殺教唆《じさつきょうさ》だぞ!? 考《かん》えてモノ言《い》え!!
エサじゃないよバカ
僕《ぼく》のノートだ…
バカ…
パク
パク
バカヤロー…
お母《かあ》さーん
パソコーン！

またあ!?
もー出久《いずく》だけで
再生数《さいせいすう》一万《いちまん》は
増《ふ》やしてるね
はーやーくー
カチカチ
お母《かあ》さんは
怖《こわ》くて
見《み》れんわ
それは
古《ふる》い動画《どうが》
昔《むかし》起《お》きた
大災害《だいさいがい》
その直後《ちょくご》の…
見《み》えるか!!?
もう100人《にん》は
救《すく》い出《だ》してる!!
やべえって!!
まだ10分《ぷん》も
経《た》ってね——って!!
やべえって!!!
HA HAHA HA HA
一人《ひとり》のヒーローの
デビュー動画《どうが》だ
めちゃ
笑《わら》ってんよ!!!
0:26 / 7:31
もう大丈夫《だいじょうぶ》!
何故《なぜ》って!?
ニカッ
私《わたし》が
来《き》た!!

超《ちょう》カッコイイなあぁ!!
僕《ぼく》も〝個性《こせい》〟出《で》たら
こんな風《ふう》になりたいなああ!!
ニカッ
諦《あきら》めた方《ほう》が良《い》いね
そんな…! やっぱりどこか悪《わる》いんですか? 幼稚園《ようちえん》の子《こ》たちはもうほぼ発現《はつげん》してるのにこの子《こ》だけ…
ガシャッ
失礼《しつれい》 奥《おく》さんは第四世代《だいよんせだい》ですね?
〝個性《こせい》〟の方《ほう》は…
ええ もちろん…
私《わたし》はちょっとしたもの〝引《ひ》きつける〟くらいで
夫《おっと》は火《ひ》ィ吹《ふ》きます
スワー

本来《ほんらい》なら四歳《よんさい》までにそのどちらか
あるいは複合的《ふくごうてき》個性《こせい》が発現《はつげん》するんだけどね
昔《むかし》〝超常《ちょうじょう》〟黎明期《れいめいき》に一《ひと》つの研究結果《けんきゅうけっか》が発表《はっぴょう》されてね
足《あし》の小指《こゆび》に関節《かんせつ》が有《あ》るか無《な》いかって流行《はや》ったの
知らないの
人間《にんげん》使《つか》わんとこは必要《ひつよう》ないってなもんでね
無《な》い人《ひと》の方《ほう》が〝型《かた》〟としてまァ新《あたら》しいと！
出久《いずく》くんには関節《かんせつ》が2つある
この世代《せだい》じゃ珍《めずら》しい…
何《なん》の〝個性《こせい》〟も宿《やど》ってない型《かた》だよ
サァアァ
……
めちゃ笑《わら》ってんよ!!!
わあぁ…
ゴォォォゴォォ
…お母《かあ》さん
どんなに困《こま》ってる人《ひと》でも笑顔《えがお》で救《たす》けちゃうんだよ…

わあ あ あ
超《ちょう》カッコイイヒーローさ
僕《ぼく》もなれるかなぁ
……!!!!
ガバッ
ごめんねえ出久《いずく》ごめんね…!!
ああ違《ちが》うんだ
違《ちが》うんだお母《かあ》さんあの時《とき》僕《ぼく》が言《い》ってほしかったのは……
頭上注意 2m
あん時《とき》決《き》めたじゃないか
そうさ周《まわ》りの言《い》う事《こと》なんて気《き》にするな!!
グイッと上《うえ》見《み》てつき進《すす》め!!
ばっ!!

GLOOP
M《エム》サイズの…隠《かく》れミノ…
ハァ ハァ
!?
わっ
敵《ヴィラン》!!?

大丈《だいじょう》ー夫《ぶ》
ズズ
身体《からだ》を乗《の》っ取《と》るだけさ落《お》ち着《つ》いて
ズズ
苦《くる》しいのは約《やく》45秒《びょう》…すぐ楽《らく》になるさ
んーっ
んーー!!
頭上注意
助《たす》かるよ君《きみ》は俺《おれ》のヒーローだ…
まさか・・・あんなのがこの街《まち》に来《き》てるなんて思《おも》わなかった
んーーー!!!
掴《つか》めるわけないだろ流動的《りゅうどうてき》なんだから!!!
息《いき》が出来《でき》ない!!身体《からだ》が…力入《ちからはい》らっ…
パサッ
死《し》ぬ!
死《し》ぬのか!?
誰《だれ》かっ!!!死《し》ぬっ!!!
嫌《いや》っ…

もう大丈夫《だいじょうぶ》だ
少年《しょうねん》!!
!?
私《わたし》が来《き》た!
ヒュッ
TEXAS《テキサス》...

SMASH!!《スマッシュ》
風《ふう》……
圧《あつ》!?
オ……え!?
オール……
マ……
イ…

ヘイ!
ヘイ!!
ヘッ…あ
ピタ
良《よ》かった――!!
元気《げんき》そうで何《なに》よりだ!!
トあああああ!!?
いやあ悪《わる》かった!!
敵退治《ヴィランたいじ》に巻《ま》き込《こ》んでしまった
HAHA
いつもはこんなミスしないのだが
オフだったのと慣《な》れない土地《とち》でウカれちゃったかな!?
HAHA
HAHA
No.1ヒーロー:オールマイト
しかし君《きみ》のおかげさありがとう!!!
無事《ぶじ》詰《つ》められた!!!
オールマイト!!!!
本物《ほんもの》…本物《ほんもの》だ!!
生《なま》だとやっぱり
画風《がふう》が全然違《ぜんぜんちが》う!!!

そうだ！サイっサイン！どっか…
あわわわわわ
あっ このノートに…
してあるー!!!
バッ！
ALL MIGHT!
わあああ〜!!! ありっありがとうございます!! 家宝《かほう》に!! 家《いえ》の宝《たから》に!!
ブンブン
じゃあ私《わたし》はこいつを警察《けいさつ》に届《とど》けるので！
液晶越《えきしょうご》しにまた会《あ》おう!!
グイグイ
え！そんな… もう…？ まだ…
プロは常《つね》に敵《てき》か時間《じかん》との戦《たたか》いさ
ぐぐっ…
待《ま》って!! まだ…！聞《き》きたい事《こと》が……
グッ…
それでは今後《こんご》とも…
応援《おうえん》よろしくねー

ってコラコラ――!!
バッ
放《はな》しなさい!! 熱狂《ねっきょう》が過《す》ぎるぞ!?
今《いま》…放《はな》すと… 死《し》んっ…!! 死《し》んじゃう…!
グイグイ
バタバタ
確《たし》かに!!
ピタッ
ベロベロベロベロ
僕《ぼく》…! あなたに 直接《ちょくせつ》っ…!! 色《いろ》ろ色々《いろいろ》… ぼっ!あなっ…
オーケー オーケー わかったから 目《め》と口《くち》閉《と》じな!
ゴホッ
ん――…
タラ…
Shit《シット》!!

ヒュオオオオオ
………
スウ……
ここは…？
くそう…!!
あのヤロウ…
あのヤロウさえ
いなけりゃ…!!
おまえさァ
幼馴染《おさななじ》みなん
じゃねえの？
さすがに
今日《きょう》のはやりすぎ
俺《おれ》の道《みち》に
いたのが
悪《わる》い
ガッ
ガキのまま
夢見心地《ゆめみごこち》の
バカはよぉ…
見《み》てて
腹《はら》が立《た》つ
ボッ
わ
つーか
てめエらタバコ
やめろっつったろ!!
くわ
バレたら
俺《おれ》の内申《ないしん》にまで
火《ひ》の粉《こ》かかんだろ…
お…おい!!
?

良《い》い"個性《こせい》"の
隠《かく》れミノ
ズンッ
怖《こわ》っかっった……
コヒュー…
コヒュー…
ガク ガク
全《まった》く!!
ムキッ
階下《かいか》の方《かた》に話《はな》せば降《お》ろしてもらえるだろう
私《わたし》はマジで時間《じかん》ないので本当《ほんとう》これで!!
ばっ!
待《ま》って! あの…
No《ノー》!! 待《ま》たない
"個性《こせい》"がなくても
ヒーローは出来《でき》ますか!?

“個性《こせい》”のない人間《にんげん》でも
あなたみたいに
なれますか？
“個性《こせい》”が…
ドクン
！
ああいかん…
ホーリーシットだ
どちくしょう…
ブワッ…
“個性《こせい》”がないせいで…
そのせいだけじゃ
ないかもしれないけど
ずっと
馬鹿《ばか》にされて
きて…
だから……か
わかんないけど
人《ひと》を救《たす》けるって
めちゃくちゃかっこいいって
思《おも》うんです

恐《おそ》れ知《し》らずの
笑顔《えがお》で
救《たす》けてくれる！
あなたみたいな
最高《さいこう》のヒーローに僕《ぼく》も…
ばっ…
シュウゥ…
………
おおおああ
ああーーー!!?
しぼんでるうー!!!
え!? さっきまで…え!?
ニセ!? ニセ者《もの》!? 細《ほそ》ー!!
ギャー
ギャー
……
私《わたし》は
オールマイトさ
バ
ド
わー!!!

ウソだーー!!!
プールでよく腹筋《ふっきん》力《りき》み続《つづ》けてる人《ひと》がいるだろう？
アレさ！
ウソだー!!!
フゥ…
恐《おそ》れ知《し》らずの笑顔《えがお》ね…
スト
見《み》られたついでだ少年《しょうねん》間違《まちが》ってもネットには書《か》き込《こ》むな？
…ウソだ…
ス…
ひっ!?
5年前《ねんまえ》…敵《てき》の襲撃《しゅうげき》で負《お》った傷《きず》だ
呼吸器官半壊《こきゅうきかんはんかい》胃袋全摘《いぶくろぜんてき》
度重《たびかさ》なる手術《しゅじゅつ》と後遺症《こういしょう》で憔悴《しょうすい》してしまってね
私《わたし》のヒーローとしての活動限界《かつどうげんかい》は今《いま》や一日約三時間程《いちにちやくさんじかんほど》なのさ

5年前《ねんまえ》…？
〝毒々《どくどく》チェーンソー〟と戦《たたか》った時《とき》…？
くわしいな
あんなチンピラにやられはしないさ！
ぐっ
これは世間《せけん》に公表《こうひょう》されていない
公表《こうひょう》しないでくれと私《わたし》が頼《たの》んだ
人々《ひとびと》を笑顔《えがお》で救《すく》い出《だ》す〝平和《へいわ》の象徴《しょうちょう》〟は
決《けっ》して悪《あく》に屈《くっ》してはいけないんだ
私《わたし》が笑《わら》うのは
ヒーローの重圧《じゅうあつ》そして内《うち》に湧《わ》く恐怖《きょうふ》から己《おのれ》を欺《あざむ》く為《ため》さ
……！
プロはいつだって命《いのち》懸《が》けだよ
「〝個性《ちから》〟がなくとも成《な》り立《た》つ」とはとてもじゃないがあ…口《くち》に出来《でき》ないね

…はあ…
人《ひと》を助《たす》ける事《こと》に憧《あこが》れるなら警察官《けいさつかん》って手《て》もある
ヨロ…
「敵《ヴィラン》受《う》け取《と》り係《がかり》」なんて揶揄《やゆ》されちゃいるが
あれも立派《りっぱ》な仕事《しごと》だ！
……
夢見《ゆめみ》るのは悪《わる》い事《こと》じゃない
だが…相応《そうおう》に現実《げんじつ》も見《み》なくてはな少年《しょうねん》
バタン…
……さて早《はや》くこいつを…
スカ
………？
スッ スッ
……
ボウ…
ミスヤ
……
まさか……

おおオオオオ!!!
こんなドブ男《おとこ》にぃぃ
俺《おれ》が呑《の》まれるかぁあああ
えれぇ力《ちから》!!
こりゃ大当《おおあ》たりだぜぇ!
この〝個性《こせい》〟と力《ちから》
ならば
奴《やつ》に報復《ほうふく》出来《でき》る!

青果店
TEL 00-0000
生活 田辺
チャーミークリーン
私《わたし》二《に》車線《しゃせん》以上《いじょう》じゃなきゃムリ〜〜〜〜！
爆炎系《ばくえんけい》は我《われ》の苦手《にがて》とするところ…！
今回《こんかい》は他《ほか》に譲《ゆず》ってやろう！
そりゃサンキュー消火《しょうか》で手一杯《ていっぱい》だよ！
消防車《しょうぼうしゃ》まだ？
状況《じょうきょう》どーなってんの!?
すげー！何《なに》アイツひょっとして大物敵《おおものヴィラン》じゃね!?
頑張《がんば》れヒーロー〜〜〜〜!!
ヘアーサロン TANA
古着
ベトベトで掴《つか》めねえし良《い》い〝個性《こせい》〟の人質《こども》が抵抗《ていこう》してもがいてる！
おかげで地雷原《じらいげん》だ三重《さんじゅう》で手《て》ェ出《だ》し辛《づれ》え状況《じょうきょう》!!

BOOOM
うえ゛っ
っとお!!
ダメだ！
これ解決《かいけつ》出来《でき》んのは
今《いま》この場《ば》にいねえぞ!!
誰《だれ》か有利《ゆうり》な
〝個性《やつ》〟が来《く》るのを
待《ま》つしかねえ!!
それまで
被害《ひがい》をおさえよう
何《なに》！すぐに
誰《だれ》か来《く》るさ！
あの子《こ》には悪《わる》いが
もう少《すこ》し耐《た》えて
もらおう！
くそ!!
吹《ふ》き飛《と》ばせる
ような
パワーがあれば…!!
ゼェ
ゼェ
あの時《とき》だ!!

時間《じかん》ばかりに気《き》を取《と》られた!
ズク…
一般人《ファン》を諭《さと》しておいてこんなミスか!!
情《なさ》けない……
情《なさ》けない!!!
トボ
トボ
ハア
相応《そうおう》に現実《げんじつ》も見《み》なくてはな
中三《ちゅうさん》になってもまだ彼《かれ》は現実《げんじつ》が見《み》えてないのです
将来の為のヒーロー分析 No.13
本格的《ほんかくてき》に将来《しょうらい》を考《かんが》えていく時期《じき》だ!!
プロの…トップまで言《い》うんだ…
泣《な》くな! わかってたろ!? 現実《げんじつ》さ……
じわ…
わかってたから…必死《ひっし》こいてたんじゃないか……!!

田等院商店街
見《み》ないように
見《み》ないように
——って。
……
おいおい
さっきの爆発《ばくはつ》の…
クセでつい来《き》ちゃったってか
やめとけ今《いま》は
虚《むな》しくなるだけだって
……!?
オオオ
あいつ何《なん》で!!!?

オールマイト!? 逃《に》げられたのか!? …落《お》とした…!? だとしたら…
………!
僕《ぼく》の…せい………!
ヒーロー何《なん》で棒立《ぼうだ》ちィ?
中学生《ちゅうがくせい》が捕《つか》まってんだと
……!
捕《つか》まってるって…あんな苦《くる》しいのを耐《た》えてるのか!!?
すごい…!
つーかあの敵《ヴィラン》…さっきオールマイトが追《お》いかけてたやつじゃね?
オールマイト!? うそお!? 来てんの!?
……!
何《なん》かちょっと前《まえ》見《み》たよ
じゃあ何《なに》してんだオールマイトは!!?
……!
僕《ぼく》のせいだ…!! 彼《かれ》は動《うご》けない!!
あいつは掴《つか》めない! 有利《ゆうり》な"個性《こせい》"のヒーローを待《ま》つしかない!!
頑張《がんば》って…!!! ごめん!!
ごめんなさい…!! すぐに救《たす》けが来《き》てくれるから…
誰《だれ》か…ヒーローがすぐ……

!!?
馬鹿《ばか》ヤローー‼
止《と》まれ‼ 止《と》まれ!!!
あのガキ
デク!!?
パサッ…

何《なん》で出《で》た
何《なに》してんだ!?
何《なん》で!!
爆死《ばくし》だ
ひっ…
ズル
どうしよう
どうしよう
こういう時《とき》は〜〜〜!!
25P《ページ》!!
ンカムイ
・先制必縛ウルシ鎖牢
相手の面前に素早く
ウデ(ツル)を伸ばしひるませ
その隙に拘束。
メリット→決まれば
デメリット→複数の敵には
外した場合の
被害おさえるには最善!
しぇい!!
ブン
バサバサ!!
ぬっ

かっちゃん!!
何《なん》で!! てめエが!!
足《あし》が勝手《かって》に!! 何《なん》でって…
わかんないけど!!!
色々《いろいろ》 理屈《りくつ》は
あったと思《おも》う
諦《あきら》めた方《ほう》が
っはい!!
頑張《がんば》ります!!
僕《ぼく》のせい
何《なん》で俺《おれ》と同《おな》じ土俵《どひょう》に立《た》てるんだ!!?
かっちゃん
やってみないと
目標《もくひょう》なんだ
超《ちょう》カッコイイ
ヒーローさ
相応《そうおう》に現実《げんじつ》も
見《み》なくてはな
笑顔《えがお》で
救《たす》けちゃう
んだ
ただ その時《とき》は
君《きみ》が
救《たす》けを求《もと》める
顔《かお》してた
ニカ

ザワ
やめっ…
ろ…!
情《なさ》けない…
情《なさ》けない!!!
もう少《すこ》しなんだから
邪魔《じゃま》するなあ!!!
ダッ
無駄死《むだじ》にだ
自殺志願《じさつしがん》かよ!!

GRAP!
君《きみ》を諭《さと》しておいて…
己《おのれ》が実践《じっせん》しないなんて!!!
!!?
ビキ
ビキ
ビキ
プロはいつだって命《いのち》懸《が》け!!!!!!

DETROIT《デトロイト》
SMASH《スマッシュ》

オオオ
ポツ
ポツ
……雨《あめ》？
ポツ…
まさか
今《いま》の風圧《ふうあつ》で…!?
上昇気流《じょうしょうきりゅう》が…
オオオ
おいおいおいおいおいお

右手《みぎて》一本《いっぽん》で
天気《てんき》が変《か》わっちまった!!!
わああ
すげええええええ
これが…オールマイト!!!
あああ
クラ…
ああ…
……
この後《あと》
散《ち》ったベトベトは
ヒーローらに
回収《かいしゅう》され
無事《ぶじ》
警察《けいさつ》に引《ひ》き取《と》られた
みたいだ
僕《ぼく》はヒーロー達《たち》に
ものすごく
怒《おこ》られ
君《きみ》が危険《きけん》を
冒《おか》す必要《ひつよう》は
全《まった》くなかったんだ!!
逆《ぎゃく》にかっちゃんは
称賛《しょうさん》された
すごい
タフネスだ!
それに
その"個性《こせい》"!!
プロになったら
是非《ぜひ》 事務所《ウチ》の
相棒《サイドキック》に!!

オールマイトに謝《あやま》りたかったけど……
帰《かえ》ったらHP《ホームページ》からメッセしてみよう…
デク!!!
!
ゴオ…
俺《おれ》は…
てめェに救《たす》けを求《もと》めてなんかねえぞ……!
救《たす》けられてもねえ!! あ!? なあ!? 一人《ひとり》でやれたんだ
ギチチ…
無個性《むこせい》の出来損《できそこ》ないが見下《みくだ》すんじゃねえぞ
恩売《おんう》ろうってか!? 見下《みくだ》すなよ俺《おれ》を!!
ブツ
ブツ
クソナードが!!
ぎゅるん!!
タフネス…!
……言《い》う通《とお》りだ
何《なに》か出来《でき》たわけでも変《か》わったわけでもないでも…良《よ》かったよ
これでちゃんと身《み》のたけに合《あ》った将来《しょうらい》を…
私《わたし》が来《き》た!!
わ!?
ズワッ
ビクッ

オールマイト!? 何《なん》でここに…
さっきまで取材陣《しゅざいじん》に囲《かこ》まれて…
HA HA HA HA
シュウゥ
抜《ぬ》けるくらいワケないさ!!
何故《なぜ》なら私《わたし》はオールマゲボォッ!!!
わ――!!
少年《しょうねん》
礼《れい》と訂正《ていせい》…そして提案《ていあん》をしに来《き》たんだ
へ?
君《きみ》がいなければ…君《きみ》の身《み》の上《うえ》を聞《き》いてなければ
口先《くちさき》だけのニセ筋《きん》となるところだった!! ありがとう!!
ニセ筋《きん》…
そんな…いや そもそも僕《ぼく》が悪《わる》いです!
仕事《しごと》の邪魔《じゃま》して…〝無個性《むこせい》〟のくせに生意気《なまいき》なこと言《い》って…
そうさ!!

あの場《ば》の誰《だれ》でもない
小心者《しょうしんもの》で
“無個性《むこせい》”の君《きみ》
だったから!!!
私《わたし》は
動《うご》かされた!!
トップヒーローは
学生時《がくせいじ》から逸話《いつわ》を
残《のこ》している……
ゴホ
彼《かれ》らの多《おお》くが
話《はなし》をこう結《むす》ぶ!!
ドクン…
「考《かんが》えるより先《さき》に
体《からだ》が動《うご》いていた」と!!
僕《ぼく》は
何故《なぜ》か
……
ドクン
母《はは》の言葉《ことば》を
思《おも》い出《だ》していた
ごめんねえ出久《いずく》
ごめんね…!!
君《きみ》も
そうだったんだ
ろう!?
……うん…
違《ちが》うんだ
お母《かあ》さん
あの時《とき》 僕《ぼく》が
言《い》ってほしかった
のは

オ…
君《きみ》はヒーローになれる
ゴ
「架空《ゆめ》」は「現実《げんじつ》」に
言《い》い忘《わす》れてたけど
これは僕《ぼく》が最高《さいこう》のヒーローになるまでの物語《ものがたり》だ

オールマイト(?)

Birthday《バースデイ》：6/10
Height《ハイト》：220cm《センチ》
好《す》きなもの：屋久杉《やくすぎ》、映画《えいが》

THE《ザ》・裏話《うらばなし》

・バストアップ1回《かい》につきペン先《さき》を1～2本消費《ほんしょうひ》する恐《おそ》ろしく燃費《ねんぴ》の悪《わる》い男《おとこ》。

・僕《ぼく》はもうかっこいいぜ！と思《おも》って描《か》いたのですが、編集部《へんしゅうぶ》の会議《かいぎ》では「こんなオッサンには憧《あこが》れないよね。なりたくないよね」「イケメンにした方《ほう》が良《よ》いのでは？」等《など》、指摘《してき》され、漫画仲間《まんがなかま》には「変《へん》な陽気《ようき》なオジサンだよね」と一蹴《いっしゅう》され、逆《ぎゃく》に火《ひ》が。おかげで作画時《さくがじ》、かなり気合《きあ》いを入《い》れて描《か》くことになったので、今《いま》となってはありがたいお言葉《ことば》です。

THE《ザ》・補足《ほそく》

・トゥルーフォーム(痩《や》せてる姿《すがた》)時《じ》白目《しろめ》が黒《くろ》いのは痩《や》せ衰《おとろ》え過《す》ぎて影《かげ》になってしまっているからです。しかし、瞳《ひとみ》だけは〝平和《へいわ》の象徴《しょうちょう》〟としての強《つよ》い矜持《きょうじ》で輝《かがや》きを放《はな》っています。マッスル時《じ》に全身《ぜんしん》で表《あらわ》しているものが瞳《ひとみ》に収束《しゅうそく》している感《かん》じです。画力不足《がりょくぶそく》で表現《ひょうげん》し切《き》れませんでした。すみません。

JUMP
COMICS
No.《ナンバー》2
うなれ筋《きん》肉《にく》
DIRECT SALES

No.1ヒーロー「オールマイト」!! 年齢《ねんれい》不詳《ふしょう》 〝個性《こせい》〟不明《ふめい》!
ヒーロー界《かい》に 颯爽《さっそう》と現《あらわ》れ その実力《じつりょく》で 不動《ふどう》の人気《にんき》を得《え》る
オールマイトガム
彼《かれ》の登場以降《とうじょういこう》 深刻《しんこく》だった敵《ヴィラン》発生率《はっせいりつ》は 年々低下《ねんねんていか》し
存在《そんざい》そのものが 〝抑止力《よくしりょく》〟とされ
名実共《めいじつとも》に 〝平和《へいわ》の象徴《しょうちょう》〟と なった男《おとこ》!
そして その男《おとこ》が
君《きみ》はヒーローになれる。
僕《ぼく》に言《い》った

はあ!?
緑谷《みどりや》あ!?
ムリッしょ!!
諦《あきら》めた方《ほう》が
良《い》いね
〝無個性《むこせい》〟の
てめェがあ
何《なん》で俺《おれ》と同《おな》じ土俵《どひょう》に
立《た》てるんだ!!?
ごめんねえ出久《いずく》
ごめんね…!!
誰《だれ》かに
言《い》ってほしかった!
No.1
ヒーロー
オールマイト
(トゥルーフォーム)
憧《あこが》れのヒーロー《ひと》が
言《い》ってくれた!!
こんな……
これ以上《いじょう》の
衝撃《しょうげき》が
あるか…!?

これ以上《いじょう》の…………
君《きみ》なら
私《わたし》の〝力《ちから》〟
受《う》け継《つ》ぐに
値《あたい》する!!
へ?
HAHAHAHA
何《なん》て顔《かお》を
しているんだ!?
「提案《ていあん》」だよ!!
本番《ほんばん》はここからさ
いいかい少年《しょうねん》…

私《わたし》の〝力《ちから》〟を
君《きみ》が受《う》け取《と》ってみないかという話《はなし》さ!!
チカラヲ…?
何《なに》を言《い》ってるんだ?オールマイト…
私《わたし》の〝個性《こせい》〟の話《はなし》だ少年《しょうねん》
?
写真週刊誌《しゃしんしゅうかんし》には幾度《いくど》も〝怪力《かいりき》〟だの〝ブースト〟だの書《か》かれ
インタビューでは常《つね》に爆笑《ばくしょう》ジョークで茶《ちゃ》を濁《にご》してきた
〝平和《へいわ》の象徴《しょうちょう》〟オールマイトは
ナチュラルボーンヒーローでなければならないからね
ビュオオ…

SMASH
私《わたし》の〝個性《こせい》〟は
聖火《せいか》の如《ごと》く引《ひ》き継《つ》がれてきたものなんだ
引《ひ》き
継《つ》がれてきた…
もの!?
そう
そして次《つぎ》は君《きみ》の番《ばん》だということさ
ちょっ…!ちょっ待《ま》っ…待《ま》って下《くだ》さい!
オールマイトの〝個性《こせい》〟は確《たし》かに世界七不思議《せかいななふしぎ》の一《ひと》つとして喧々囂々《けんけんごうごう》と議論《ぎろん》されてきましたよネットじゃ見《み》かけない日《ひ》はないくらいにでも…あの…〝個性《こせい》〟を引《ひ》き継《つ》ぐって
それはちょっと意味《いみ》がわからないというか…そんな話《はなし》今《いま》まで聞《き》いたこともないし議論《ぎろん》の中《なか》でも推測《すいそく》すらされてないわけでそれは何故《なぜ》ってつまり有史以来《ゆうしいらい》そんな〝個性《こせい》〟は確認《かくにん》されてないからっていうかそもそもアレです
生《う》まれつきの固有《こゆう》の身体的特徴《しんたいてきとくちょう》であって自己《じこ》を確立《かくりつ》する要素《ようそ》だからこその〝個性《こせい》〟な訳《わけ》でブツブツ

君《きみ》はとりあえず否定《ひてい》から入《はい》るな!!
ナンセンス!!
ナ…
バッ
私《わたし》は隠《かく》し事《ごと》は多《おお》いが嘘《うそ》はつかん!
個性《ちから》を〝譲渡《じょうと》〟する個性《ちから》…
それが私《わたし》の受《う》け継《つ》いだ〝個性《こせい》〟! 冠《かん》された名《な》は
「ワン・フォー・オール」
ワン・フォー……
オール…

一人《ひとり》が力《ちから》を培《つちか》い
その力《ちから》を一人《ひとり》へ渡《わた》し
また培《つちか》い次《つぎ》へ…
そうして
救《すく》いを求《もと》める声《こえ》と義勇《ぎゆう》の心《こころ》が紡《つむ》いできた
力《ちから》の結晶《けっしょう》!!!
そんな大層《たいそう》なもの何《なん》で…
何《なん》で僕《ぼく》にそこまで…
元々《もともと》後継《こうけい》は探《さが》していたのだ…
そして君《きみ》になら渡《わた》しても良《い》いと思《おも》ったのさ!!
"無個性《むこせい》"で只《ただ》のヒーロー好《ず》きな君《きみ》は
あの場《ば》の誰《だれ》よりもヒーローだった!!
じわ
ナーンツッテ
まアしかし君次第《きみしだい》だけどさ! どうする?
ばっ…

ゴシ
ゴシ
ここまで言《い》ってもらえて
僕《ぼく》なんかに大事《だいじ》な秘密《ひみつ》まで晒《さら》してくれて!
……っ
……あるか? ないだろ……!
あるわけない!
キッ!
お願《ねが》い……します
断《ことわ》る理由《りゆう》なんて!!
ニッ
即答《そくとう》
そう来《き》てくれると思《おも》ったぜ
二日後
朝《あさ》6時《じ》
けれど"力《ちから》"を貰《もら》うっていうのは
市営多古場海浜公園

決《けっ》して生易《なまやさ》しいもんじゃなかったんだ！
ビン
ヘイヘイヘイヘイ何《なん》て座《すわ》り心地《ごこち》の良《い》い冷蔵庫《れいぞうこ》だよ！
ピクリとでも動《うご》けばちょっとは楽《らく》だったんだけどな――!!
そりゃだって…オールマイト274kg《キロ》あるんでしょ…
いーや痩《や》せちゃって255kg《キロ》
この姿《すがた》だと
バタッ
ていうか僕《ぼく》何《なん》で海浜公園《かいひんこうえん》でゴミ引《ひ》っ張《ぱ》ってるんですか…？
それはアレさ！
HAHAHAHA HA HA
君《きみ》器《うつわ》じゃないもの
パシャ
パシャ
え!!?
仰《おっしゃ》ってる事《こと》が前《まえ》と真逆《まぎゃく》!!!
ガーーン

うわぁぁぁ
身体《からだ》だよ 身体《からだ》
ウケる
パシャ
ズシン
パシッ
ズン
………?
「ワン・フォー・オール」《私の個性》は
いわば何人《なんにん》もの極《きわ》まりし身体能力《しんたいのうりょく》が一《ひと》つに収束《しゅうそく》されたもの!!
生半可《なまはんか》な身体《からだ》では受《う》け取《と》りきれず
四肢《しし》がもげ
爆散《ばくさん》してしまうんだ!!!
KABOOM
四肢《しし》が!!!
じゃあ… つまり
身体《からだ》をつくり上《あ》げるトレーニングの為《ため》に…
ゴミ掃除《そうじ》…?
カクッ
YES!《イエス》
だがそれだけじゃない!
昨日《きのう》ネットで調《しら》べたらこの海浜公園《かいひんこうえん》
一部《いちぶ》の沿岸《えんがん》は何年《なんねん》もこの様《さま》のようだね
トンッ
SEA
ENTER
MAP
メコッ
?
ええ…何《なに》か海流的《かいりゅうてき》なアレで漂着物《ひょうちゃくぶつ》が多《おお》くて
そこにつけ込《こ》んで不法投棄《ふほうとうき》もまかり通《とお》ってて…
地元《じもと》の人間《にんげん》は寄《よ》りつかないです

最近《さいきん》のヒーローは派手《はで》さばかり追《お》い求《もと》めるけどね
ズッ…
ヒーローってのは本来《ほんらい》奉仕活動《ほうしかつどう》！
地味《じみ》だ何《なん》だと言《い》われても！そこはブレちゃあいかんのさ…
この区画一帯《くかくいったい》の水平線《すいへいせん》を甦《よみがえ》らせる!!
それが君《きみ》のヒーローへの第一歩《だいいっぽ》だ!!
第一歩《だいいっぽ》…！
これを…掃除《そうじ》…!?
全部《ぜんぶ》…!?
緑谷少年《みどりやしょうねん》は雄英志望《ゆうえいしぼう》だろ？

はい!?
はい!!
雄英《ゆうえい》は
オールマイトの
出身校《しゅっしんこう》ですから…
行《い》くなら…
絶《ぜっ》っっ対雄英《たいゆうえい》だって
思《おも》って…ます!
ぐっ
行動《こうどう》派《は》
オタクめ!!
くー!!
前《まえ》にも
言《い》ったが
“無《む》個性《こせい》”でも
成《な》り立《た》つような
仕事《しごと》じゃない
くる
悲《かな》しいかな
現実《げんじつ》はそんなものだ
ばっ
ましてや雄英《ゆうえい》は
ヒーロー科最難関《かさいなんかん》!
つまり……
入《にゅう》試《し》当日《とうじつ》まで
残《のこ》り10か月《げつ》で…
身体《うつわ》を
完成《かんせい》させなきゃ
………!
そこで
こいつ!!
!?
私考案《わたしこうあん》!!
「目指《めざ》せ合格《ごうかく》アメリカン
ドリームプラン」!!!
THIP

セットプラン
食事
1DAY(平日)スケジュール
フェーズ1
・AM4:00 起床
・AM5:00 〜 有酸素運動
セットA
セットB
学校
:30ゴミ掃除
:00帰宅
"課題《ごみそうじ》"をより確実《かくじつ》にクリアする為《ため》のトレーニングプランだ！
生活全《せいかつすべ》てをこれに従《したが》ってもらう!!
寝《ね》る時間《じかん》まで…
ぶっちゃけね 超《ちょう》ハード これ
ついてこれるかな!?
〜〜〜〜そりゃもう……!!
他《ほか》の人《ひと》より何倍《なんばい》も頑張《がんば》らないと
僕《ぼく》はダメなんだ……!!!
こうして地獄《じごく》の10か月《げつ》は幕《まく》を開《あ》けた！
公園《こうえん》の入口前《いりぐちまえ》に運《はこ》ぶんだ！
トラックに詰《つ》めこめ!!
形《かたち》や大《おお》きさで使《つか》う筋肉《きんにく》が全然《ぜんぜん》…
なるほど これは…
走《はし》れ走《はし》れ〜〜〜!! 10か月《げつ》なんてすぐだぞ！
レッツ 体《たい》ー育《いく》ー会《かい》ー系《けい》ー!!!

〝超常《ちょうじょう》〟に伴《ともな》い建築基準法《けんちくきじゅんほう》の改正《かいせい》が進《すす》められ国土交通大臣《こくどこうつうだいじん》の…
キツイ!! これ 10か月《げつ》か…
入試一週間前《にゅうしいっしゅうかんまえ》までには仕上《しあ》げないと辛《つら》いしな
となると残《のこ》り294日《にち》… 筋肉《きんにく》の超回復《ちょうかいふく》を考《かん》えると二日《ふつか》くらいインターバルおくとして…だいたい…
効率《こうりつ》良くやれても実質《じっしつ》トレーニングは約《やく》98日《にち》…朝《あさ》と晩《ばん》で約《やく》5時間《じかん》のトレーニングだから490時間《じかん》…
それにあのゴミ掃除《そうじ》は特定《とくてい》の部位《ぶい》を鍛《きた》えるとかじゃなくて万遍《まんべん》なく全身《ぜんしん》をつくっていかないととてもじゃないけど間《ま》に合《あ》わないぞ…
あらゆる状況《じょうきょう》にも適応《てきおう》できる身体《からだ》づくり……まさにヒーローになる為《ため》の特訓《とっくん》だ
オールマイトもつきっきりで見《み》てくれるわけじゃないんだ…出来《でき》る限《かぎ》り効率的《こうりつてき》な自主《じしゅ》トレもしないと現状《げんじょう》僕《ぼく》じゃ追《お》いつけるはずがないな…まず寝《ね》る時間《じかん》とか削《けず》らないとな…でもそれだと逆《ぎゃく》に
緑谷《みどりや》 オイ
敵《ヴィラン》と遭遇《そうぐう》して頭《あたま》こわれたのか?※
ゴッ
はっ!!
そんなんじゃ雄英《ゆうえい》なんて口《くち》にするのもおこがましいぞー
プラス受験勉強《じゅけんべんきょう》
ノイローゼ? もう?
クス クス
こえー

※1話《わ》目《め》のドロドロしたやつ

フェーズ1
フェーズ2
フェーズ3
食事
メニュ
Yシャツ
ネルシャツ

ズサッ
ヘイヘイどうした!? あと3か月《げつ》だぞー!! 全《ぜん》っ然《ぜん》間《ま》に合《あ》わないぞ!? やめるか!? 今日《きょう》はゆっくり休《やす》んじゃうか!?
ドッ
……
ゼー
ズリ…
ゼー
ズリ…
……!!
オーバーワーク…!?
ゼー
ゼー
ガタ
ガタ
「目指《めざ》せ合格《ごうかく》アメリカンドリームプラン」は
入試《にゅうし》に間《ま》に合《あ》うよう君《きみ》の体力《たいりょく》を鑑《かんが》みて調整《ちょうせい》したハズなんだが…
君《きみ》 プラン守《まも》ってないだろ
……!
ズリ…
ズリ…

やりすぎは逆効果《ぎゃくこうか》だぞ!! 合格《ごうかく》したくないのか!?
……!!!
ゼー
ゼー
ハー…
したいですよ…
でも入《はい》るだけじゃダメなんだ…!!
他《ほか》の人《ひと》より何倍《なんばい》も頑張《がんば》らないとダメなんだ!
きっと追《お》いつけない……!!
僕《ぼく》はあなたみたいになりたいんだ…!!
ぐぐぐ…
あなたみたいな最高《さいこう》のヒーローに
ズリ…

見据《みす》えていたのは
遥《はる》か先《さき》!!ってか!!
ワッ
この……っ!!!
ムキッ
行動派《こうどうは》オタクめ!!
ヒョイ
そういうの
嫌《きら》いじゃないよ!!?
しかしそれなら尚更《なおさら》焦《あせ》っちゃダメだろ!?気《き》持《も》ちは受《う》け取《と》った!
HA HA HA HAH
オジサン…ちょっとプラン調整《ちょうせい》する!
オールマイトはおじさんじゃないです…
そうして……

入《にゅう》試《し》当《とう》日《じつ》
ああああああ
ああああ
朝《あさ》六《ろく》時《じ》

わあああ

おいおいおい!!
指定《してい》した
区画《くかく》以外《いがい》まで
……!!!
マジかよ
チリ一《ひと》つ
なくなって
やがる!!!!!
マジかよ!!
ギリッギリで
仕上《しあ》げやがった!
完成《かんせい》以《い》上《じょう》に!!
オーマイ
オーマイ…
グッネス!!
ムキ
フラ…
おつかれ!
ガシ
オールマイト…!!
僕《ぼく》…出来《でき》た…
出来《でき》ました…!
ああ驚《おどろ》かされた!
エンターテイナーめ!
十代《じゅうだい》って素晴《すば》らしい!!
ホラ
見《み》ろよ!!
ガタ
ガタ
?

これは…
10か月前《げつまえ》の君《きみ》さ
オオオオ
よく頑張《がんば》ったよ本《ほん》っっ当《とう》に!!!
ようやく入口《いりぐち》の蜃気楼《しんきろう》がうっすら見《み》えてきた程度《ていど》だが！
確《たし》かに器《うつわ》は成《な》した!!
……
なんか…ズルだな…僕《ぼく》は……

オールマイトに ここまでして貰《もら》えて
恵《めぐ》まれ すぎてる…
ボロッ
HA HA HA
今更《いまさら》何《なに》を… 自分《じぶん》の 頑張《がんば》りだろーに…
バンッ
その泣《な》き虫《むし》 治《なお》さないとな!
さア授与式《じゅよしき》だ 緑谷出久《みどりやいずく》!
…はい…!
これは 受《う》け売《う》り だが
最初《さいしょ》から 運良《うんよ》く授《さず》かったものと
プチン
?
認《みと》められ譲渡《じょうと》された ものでは その本質《ほんしつ》が違《ちが》う!

肝《きも》に銘《めい》じておきな
これは君《き》自《み》身《じしん》が勝《か》ち取《と》った力《ちから》だ
ぐっ…
僕《ぼく》はコミックもびっくりの現実《げんじつ》をその手《て》に掴《つか》み…
食《く》え
かみのけ
へあ!?
別《べつ》にDNA《ディーエヌエー》を取《と》り込《こ》められるなら何《なん》でも良《い》いんだけどさ! さア時間《じかん》ないって!
思《おも》ってたのと違《ちが》いすぎる…!!
そして入試《にゅうし》まであと三時間《さんじかん》!!

緑《みどり》谷《や》出《いず》久《く》(15)

THE・SHIFUKU

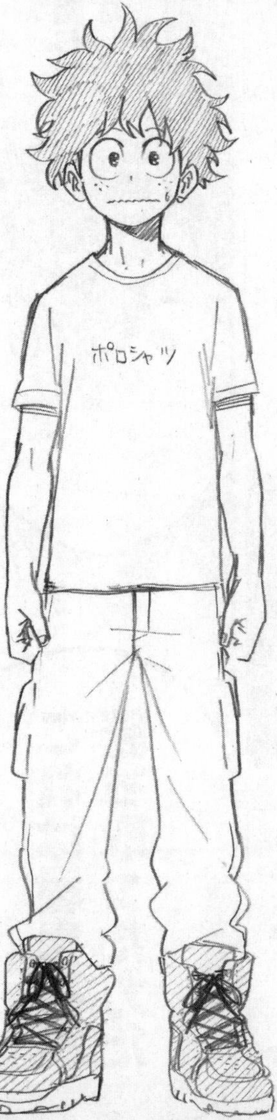

Birthday《バースデイ》：7/15
Height《ハイト》：166cm《センチ》
好《す》きなもの：カツ丼《どん》

THE《ザ》・裏話《うらばなし》

・そもそもの始《はじ》まりが過去《かこ》に描《か》いた読切《よみきり》をもう一度《いちど》描《か》きたいという思《おも》いからだったので、デザインは読切時《よみきりじ》とほぼ変《か》わらず。
構想中《こうそうちゅう》は主人公《しゅじんこう》としてあまりに地味《じみ》なので片目《かため》を髪《かみ》で隠《かく》したり特徴付《とくちょうづ》けようとしていましたが髪切《かみき》れよと思《おも》ってしまった為《ため》元通《もとどお》りに。
彼《かれ》は地味《じみ》であればある程《ほど》良《い》いと僕《ぼく》は思《おも》っています。

雄英高校《ゆうえいこうこう》ヒーロー科《か》!!
No.3《ナンバー》 入試《にゅうし》
そこはプロに必須《ひっす》の資格取得《しかくしゅとく》を目的《もくてき》とする養成校《ようせいこう》!
全国同《ぜんこくどう》科《か》中《ちゅう》最《もっと》も人気《にんき》で最《もっと》も難《むずか》しくその倍率《ばいりつ》は例年《れいねん》300を超《こ》える!!
国民栄誉賞《こくみんえいよしょう》に打診《だしん》されるもこれを固辞《こじ》!!「オールマイト」!!
事件解決数《じけんかいけつすう》史《し》上最多《じょうさいた》!燃焼系《ねんしょうけい》ヒーロー「エンデヴァー」!!
ベストジーニスト8年連続受賞《ねんれんぞくじゅしょう》!!「ベストジーニスト」!
偉大な《グレイトフル》ヒーローには雄英卒業《ゆうえいそつぎょう》が絶対条件《ぜったいじょうけん》なのだ!!
2月《がつ》26日《にち》オールマイトとの訓練《くんれん》を終《お》え
大急《おおいそ》ぎで帰《かえ》ってシャワーを浴《あ》びて荷物《にもつ》をまとめて
地下鉄《ちかてつ》乗《の》り継《つ》ぎ40分《ぷん》…

No.《ナンバー》3 入試《にゅうし》
間《ま》に合《あ》った…
雄英高等学校 入学試験会場
今日《きょう》 僕《ぼく》は 「雄英《ゆうえい》」一般入試《いっぱんにゅうし》 実技試験《じつぎしけん》に挑《いど》む!!
結局《けっきょく》 オールマイトから 授《さず》かった"力《ちから》"を 試《ため》す時間《じかん》なし!!
毛《け》ェ飲《の》んだだけ だけど本当《ほんとう》に 授《さず》かったんかな…？
すっぱかった…
どけデク!!

かっちゃん!!
俺《おれ》の前《まえ》に
立《た》つな
殺《ころ》すぞ
ゴオォ…
爆《ばく》豪《ごう》勝己《かつき》〈15〉
おっお早《はよ》う
がんバ張《ば》ろうね
お互《たが》がい…
すっ
あの日《ひ》以来《いらい》
かっちゃんは僕《ぼく》に
何《なに》もしてこない
なあアレ…
バクゴーじゃね？
「ヘドロ」ん時《とき》の…
おお本物《ほんもの》…
ビビっちゃうのコレ
もう癖《くせ》だ…
え〜〜い!
以前《いぜん》とは違《ちが》うんだ!!
思《おも》い出《だ》せ この10か月間《げっかん》を！
ガク
ガク
踏《ふ》み出《だ》せ…!!
目標《ヒーロー》への第一歩《だいいっぽ》を!!!
ガッ

これだよ!!!
………?
大丈夫《だいじょうぶ》?
フワー…
FLOAT
わっ え!?
ストッ
私《わたし》の〝個性《こせい》〟ごめんね勝手《かって》に
でも 転《ころ》んじゃったら 縁起《えんぎ》悪《わる》いもんね
緊張《きんちょう》 するよねえ
へ…あ… ……えと…
お互《たが》い 頑張《がんば》ろう
じゃー
ほげー…
………

女子《じょし》と
キューン
喋《しゃべ》っちゃった※
※喋《しゃべ》ってない
おっおっ
おぉおおおおお
今日《きょう》は俺《おれ》のライヴにようこそー!!!
エヴィバディセイヘイ!!!
シーン
Yokoso《ヨーコソー》—!...

こいつあシヴィーーー!!!
受験生《じゅけんせい》のリスナー！
実技《じつぎ》試験《しけん》の概要《がいよう》をプレゼンするぜ!! サクッとプレゼンするぜ!!
アーユーレディ!?
YEAHH!!
イヤー
ボイスヒーロー「プレゼント・マイク」だ すごい…!!
うおお…
ラジオ毎週《まいしゅう》聞《き》いてるよ 感激《かんげき》だなあ 雄英《ゆうえい》の講師《こうし》は皆《みんな》プロのヒーローなんだ
うるせえ

入試要項通《にゅうしようこうどお》り！
リスナーにはこの後《あと》！
10分間《ぷんかん》の
「模擬市街地演習《もぎしがいちえんしゅう》」を
行《おこな》ってもらうぜ‼
現在地
A
B
C
D
E
持《も》ち込《こ》みは自由《じゆう》！
プレゼン後《ご》は各自《かくじ》指定《してい》の演習会場《えんしゅうかいじょう》へ向《む》かってくれよな‼
同校《ダチ》同士《どうし》で協力《きょうりょく》させねえってことか
O.K.《オーケー》!?
シーン‼
チラ
ビク
ホ ホントだ
受験番号《じゅけんばんごう》連番《れんばん》なのに会場違《かいじょうちが》うね
見《み》んな殺《ころ》すぞ
てめェを潰《つぶ》せねえじゃねえか
チッ
……
演習場《えんしゅうじょう》には“仮想敵《かそうヴィラン》”を三種《さんしゅ》・多数《たすう》配置《はいち》してあり
1P
2P
3P
それぞれの「攻略難易度《こうりゃくなんいど》」に応《おう》じてポイントを設《もう》けてある‼
=04
各々《おのおの》なりの“個性《こせい》”で“仮想敵《かそうヴィラン》”を行動不能《こうどうふのう》にし
=06
ポイントを稼《かせ》ぐのが君達《リスナー》の目的《もくてき》だ‼
=12
もちろん他人《たにん》への攻撃等《こうげきなど》アンチヒーローな行為《こうい》はご法度《はっと》だぜ!?
……
質問《しつもん》よろしいでしょうか!?
！

プリントには四種《よんしゅ》の敵《ヴィラン》が記載《きさい》されております！
誤載《ごさい》であれば日本最高峰《にほんさいこうほう》たる雄英《ゆうえい》において恥《は》ずべき痴態《ちたい》!!
我々受験者《われわれじゅけんしゃ》は規範《きはん》となるヒーローのご指導《しどう》を求《もと》めてこの場《ば》に座《ざ》しているのです!!
ついでにそこの縮毛《ちぢれげ》の君《きみ》
!?
ビクッ
先程《さきほど》からボソボソと…気《き》が散《ち》る!!
物見遊山《ものみゆさん》のつもりなら即刻《そっこく》 雄英《ここ》から去《さ》りたまえ！
ギロ…
すみません…
クス
クス
オーケーオーケー
受験番号《じゅけんばんごう》7111くん ナイスなお便《たよ》りサンキューな！
四種目《よんしゅめ》の敵《ヴィラン》は0P《ポイント》！
そいつは言《い》わばお邪魔虫《じゃまむし》！
スーパーマリオブラザーズやったことあるか!?
レトロゲーの

あれのドッスンみたいなもんさ！
各会場《かくかいじょう》に一体《いったい》！所狭《ところせま》しと大暴《おおあば》れしている「ギミック」よ！
なる程《ほど》…避《さ》けて通《とお》るステージギミックか
まんまゲームみてえな話《はなし》だぜ こりゃ
有難《ありがと》う御座《ござ》います失礼致《しつれいいた》しました！
バ
俺《おれ》からは以上《いじょう》だ‼ 最後《さいご》にリスナーへ我《わ》が校《こう》〝校訓《こうくん》〟をプレゼントしよう
！
かの英雄《えいゆう》ナポレオン＝ボナパルトは言《い》った！
「真《しん》の英雄《えいゆう》とは人生《じんせい》の不幸《ふこう》を乗《の》り越《こ》えていく者《もの》」と‼
〝Plus《プルス》 Ultra《ウルトラ》〟‼ 更に向こうへ‼
それでは皆《みんな》良《よ》い受難《じゅなん》を‼
ブルッ

バ
ン
広《ひろ》っ
ガチ
ガチ
街《まち》じゃん!! 敷地内《しきちない》にこんなんがいくつもあんのか!
雄英スゲー!!
MEGA TI1SAI
っし…!
ウィ
ウィ
フフ…
何《なん》で皆《みんな》そんな自信《じしん》あり気《げ》なんだ!? 緊張《きんちょう》しないの!? ああ…〝個性《こせい》〟に合《あ》わせた装備《そうび》とかして…
ん…?
ああ あの人《ひと》!!
フウー…!!
トン
トン
同《おな》じ会場《かいじょう》だったんだ!!
そうだ さっきのお礼《れい》言《い》わなきゃ…
ガチ
ガチ
その女子《じょし》は精神統一《せいしんとういつ》を図《はか》っているんじゃないか?

君《きみ》は何《なん》だ？
防害目的《ぼうがいもくてき》で受験《じゅけん》しているのか？
ガシッ
ひぃ！
こちらも！
あいつ校門前《こうもんまえ》でコケそうになってたやつだよな
注意《ちゅうい》されて畏縮《いしゅく》しちゃった奴《やつ》
クス
クス
少《すく》なくとも一人《ひとり》はライバル減《へ》ったんじゃね？
ラッキーって思《おも》われてそう
ラッキー！
ハイスタートー！
……ん？
ん？
ん？
ん？
ん？
ん？
オオオ
どうしたあ⁉ 実戦《じっせん》じゃカウントなんざねえんだよ‼ 走《はし》れ走《はし》れぇ‼
え？
オ
オ
賽《さい》は投《な》げられてんぞ‼？
え……

え…
えええ!!?
ドドドド
出遅《でおく》れた!!
落《お》ち着《つ》け…!!
ドクン…
落《お》ち着《つ》け…!!
落《お》ち着《つ》いて! 大丈夫《だいじょうぶ》!!
ドクン…
大丈夫《だいじょうぶ》!! やれる! なれる 僕《ぼく》はなるんだ!
憧れの仕事《ヒーロー》に!!
ドクンッ

僕《ぼく》にはオールマイトがついてるんだ!!
よし! 食《く》ったな! 毛《け》!
何《なん》の変化《へんか》も感《かん》じられませんけど…
HAHAHAHA
そりゃそうさ!! 君《きみ》 胃腸《いちょう》を何《なん》だと思《おも》ってる!
まあ 2～3時間《じかん》もすれば実感湧《じっかんわ》くさ
ああ 緊張《きんちょう》するぅうぅ…
早《はや》く帰《かえ》ってシャワー浴《あ》びてご飯《はん》食《た》べて…
わちゃちゃちゃちゃ
………
〝器《うつわ》〟は成《な》したが… それはあくまで急造品《きゅうぞうひん》の〝器《うつわ》〟
!
馴《な》らし運転《うんてん》も出来《でき》なかったからな… 肉体《にくたい》への反動《はんどう》は覚悟《かくご》しておけよ
くる
細《こま》かな説明《せつめい》をする時間《じかん》はないから これだけ…
「私の個性《ワン・フォー・オール》」を使《つか》う時《とき》は
ケツの穴《あな》グッと引《ひ》き締《し》めて心《こころ》の中《なか》でこう叫《さけ》べ!!!

ス……
CRASH
!!
1P《ポイント》!!
ビビッ
標的《ひょうてき》捕捉《ほそく》!!
ブッ殺《ころ》ス!!
1P《ポイント》:速《はや》いぞ！
脆《もろ》いぞ！
来《き》た！
来《き》た!!
来《き》た!!!
ウイィ…
ガタ
ガタ
ガタ
ガタ
……!!

何《なん》で
動《うご》かない
ビビっちゃうの コレもう癖《くせ》だ…
馬鹿《ばか》ヤロウ 何《なん》で…………!!!
据《す》え膳《ぜん》!!
!?
メルスぃ!
レーザー!!?
良《い》い チームプレイが 出来《でき》たね!
でも 君《きみ》と会《あ》うことは 二度《にど》となさそうだ

ズダー
アデュー!!!
二《に》度《ど》とって…
あと
6分《ぷん》2秒《びょう》〜
げコ
マズイ
マズイ!
!!!
ふー…
28P《ポイント》……
くら…
FLOAT
FLOAT
え!?
45P《ポイント》!!
ええ!?
CRASH

32!
SKLIT!
敵《てき》が…どんどん減《へ》ってく!!
マズイ!!!
この入試《にゅうし》は敵《ヴィラン》の総数《そうすう》も配置《はいち》も伝《つた》えていない
限《かぎ》られた時間《じかん》と広大《こうだい》な敷地《しきち》…
そこからあぶり出《だ》されるのさ
オオオ
状況《じょうきょう》をいち早《はや》く把握《はあく》する為《ため》の
情報力《じょうほうりょく》
遅《おく》れて登場《とうじょう》じゃ話《はなし》にならない
機動力《きどうりょく》
どんな状況《じょうきょう》でも冷静《れいせい》でいられるか
判断力《はんだんりょく》
そして純然《じゅんぜん》たる戦闘力《せんとうりょく》……

市井《しせい》の平和《へいわ》を守《まも》る為《ため》の基礎《きそ》能力《のうりょく》がP《ポイント》数《すう》という形《かたち》でね
今年《ことし》はなかなか豊作《ほうさく》じゃない？
いやーまだわからんよ
真価《しんか》が問《と》われるのは…
これからさ!!
THOOM
所狭《ところせま》しと大暴《おおあば》れしているギミックよ！
デカすぎない!!?
ゴオ…

圧《あっ》倒《とう》的《てき》脅《きょう》威《い》
それを
目《め》の前《まえ》にした
人間《にんげん》の行動《こうどう》は
正直《しょうじき》さ…………
シャレにならん!!
逃《に》げなきゃ!!
逃《に》げつつ!
P《ポイント》を…!!
マズイマズイマズイ
まだ0P《ポイント》だ!!
無駄《むだ》になっちゃう!!

オールマイトがくれた全部《ぜんぶ》!!
無駄《むだ》に…!!
じわ…
いったぁ…
転《ころ》んじゃったら縁起《えんぎ》悪《わる》いもんね
ググ…

メリットは一切《いっさい》無《な》い
おぉ
だからこそ色濃《いろこ》く
浮《う》かび上《あ》がる時《とき》がある
え…
ヒーローの大前提《だいぜんてい》!!

ケツの穴《あな》グッと引《ひ》き締《し》めて
心《こころ》の中《なか》でこう叫《さけ》べ!!!
マッシュ!!!

SM
ス
…お
残《のこ》り
1分《ぷん》5秒《びょう》
おおお…
おおお!!?
自己犠牲《じこぎせい》の
精神《せいしん》ってやつが!!
緑谷出久《みどりやいずく》
得点《とくてん》
現在《げんざい》0P《ポイント》

爆豪勝己《ばくごうかつき》(15)

THE·SHIFUKU

Birthday《バースデイ》：4/20
Height《ハイト》：172cm《センチ》
好《す》きなもの：辛《から》い食《た》べ物全般《ものぜんぱん》、登山《とざん》

THE《ザ》・裏話《うらばなし》

・最初《さいしょ》はナチュラルボーン天才《てんさい》
として天然《てんねん》で、悪意《あくい》なく
人《ひと》を傷《きず》つけてしまうような奴《やつ》
だったのですが、
全然面白《ぜんぜんおもしろ》くなかったので、
いっそ振《ふ》り切《き》ってしまえと
爆発的《ばくはつてき》に嫌《いや》な感《かん》じにしたら
とても嫌《いや》な感《かん》じになったので
良《よ》かったです。
顔《かお》はもう、ザ・手癖《てくせ》って感《かん》じです。

・丁寧《ていねい》に取《と》り扱《あつか》っていきます。

そんなん
誰でも出来るっしょ!!

最初《さいしょ》はこんなんでした。
これはこれで腹立《はらた》つ。

でも違《ちが》う！
……お……
今度《こんど》は———…
おおおおおお!!?
ズゥゥーン
BOW
BOW
No.《ナンバー》4
スタートライン
おお落《お》ちっ!!
落《お》ちるう!!
いや！
オールマイトの力《ちから》だぞ!!?
こんなにブッ飛《と》べる脚《あし》になったんだ！
着地《ちゃくち》くらいおちゃのこさいさいざ

プラ〜ン
プラ〜ン
砕《さい》?
!!?
ズキズキ
ズキズキ
ズキ
っっっでえええええええええ!!!?
ヒュオオオオ
〝器《うつわ》〟は成《な》したが
それはあくまで
急造品《きゅうぞうひん》の〝器《うつわ》〟
肉体《にくたい》への反動《はんどう》は
覚悟《かくご》しておけよ
こんなに…!!
そうか…!
バカか僕《ぼく》は!!
オエッ
オールマイトの力《ちから》だぞ!!?
たった10か月《げつ》!!
ギリギリ収《おさ》まっただけなんだ!
借《か》り物《もの》の〝個性《ちから》〟!
収《おさ》まっただけ!
一瞬《いっしゅん》でも思《おも》い上《あ》がった!!

僕《ぼく》は まだ!
フッ
フッ
スタートラインに “立《た》つ権利《けんり》”を 与《あた》えられただけだ!
考《かんが》えろ!! どうしよう! どうしよう!!
ヴヴヴっ!!
ズキ
ズキ
デトロイト・スマッシュ!!
両脚《りょうあし》・右腕《みぎうで》は 壊《こわ》れた!! 左腕《ひだりうで》!! 地面《じめん》に向《む》けて撃《う》てば…! タイミング!!
早《はや》すぎても遅《おそ》すぎても 死《し》ぬ! 成功《せいこう》してもまだ OP《ポイント》!! 左《ひだり》が壊《こわ》れたら …………
合格《ごうかく》は絶望的《ぜつぼうてき》!!
つうゔゔああ゛あ゛!!!

バチン
!!?
ブワッ
ヒュオ…
解《かい》除《じょ》
ぴとっ

ドッ
バガッ
ドシャッ
うぷっ
……!!
うえぇ…
～～～～……
ぐっうううう
ヴヴヴヴヴヴ
ズキ
ズキ
ズキ
ズキ
助《たす》かった…!!
いや…助《たす》けられたんだ!!
あの人《ひと》
無事《ぶじ》か!?
とりあえず
ケガはない…!?
良《よ》かった…!
ザザッ
そんで…
ありがとう!!
ヴっ
ヴヴ～
せめて…!!
1P《ポイント》でも…!!
ズリッ

終《しゅう》
了《りょう》〜〜!!!!

……
ポツリ…
あいつ
何《なん》だったんだ…？
いきなり〝ギミック〟に飛《と》び出《だ》したりして…
ざわ
増強型《ぞうきょうがた》の〝個性《こせい》〟だろうけど…規格外《きかくがい》だ
けど あんな〝個性《こせい》〟持《も》っておいて
どういう生《い》き方《かた》すりゃ あんなビクビク できるんだ？
ざわ
他《ほか》を出《だ》し抜《ぬ》く為《ため》の演技《えんぎ》じゃねえ？
出《だ》し抜《ぬ》いて得《え》られる恩恵《おんけい》があったようには見《み》えねえけど…
とりあえず すげえ奴《やつ》だってのは間違《まちが》いねえよ
そこじゃないだろう 見《み》ていなかったのか!?
奴《やつ》は
あの女子《じょし》を救《すく》わんと飛《と》び出《だ》したんだ!!
残《のこ》り時間《じかん》… 己《おのれ》の身《み》の安全《あんぜん》…
合格《ごうかく》に必要《ひつよう》な要素《ようそ》を
折れてる!
バッキバキ!
天秤《てんびん》にかけ…

それでも尚《なお》
一切《いっさい》の躊躇《ちゅうちょ》
なく!!!
試験《しけん》という場《ば》で
なかったら
当然《とうぜん》!!
くわっ
僕《ぼく》もそのように
したさ!!!
ハッ
おや!?
試《し》・験《けん》…
当《とう》・然《ぜん》…!?
おやおや…!?
はい
お疲《つか》れ様《さま》〜
ザ…
お疲《つか》れ様《さま》〜〜
お疲《つか》れ様《さま》〜〜〜
あざす…
ハイハイ
ハリボーだよ
ハリボーをお食《た》べ

あのマドモアゼル
ぉ
ピッ
……？
雄英《ゆうえい》の〝屋台骨《やたいぼね》〟だ
おやまあ
自身《じしん》の〝個性《こせい》〟でこうも傷付《きずつ》くかい…
まるで身体《からだ》と〝個性《こせい》〟が馴染《なじ》んでないみたいじゃないか
チュ〜〜〜
バッバア！
!!?
あの人《ひと》の〝個性《こせい》〟は「治癒力《ちゆりょく》の超活性化《ちょうかっせいか》」
雄英《ゆうえい》がこんなムチャな入試《にゅうし》を敢行《かんこう》できるのも
彼女《かのじょ》に依《よ》る所《ところ》が大《おお》きいみたいだね
ちゃっちゃといくよ
他《ほか》に怪我《けが》した子《こ》は？
妙齢《みょうれい》ヒロイン
リカバリーガール
[看護教諭《かんごきょうゆ》]

………
そうか…！
この試験《しけん》が
そういう構造《こうぞう》
なのであれば奴《やつ》は…
ギリ…
一週間《いっしゅうかん》後《ご》
出久《いずく》…
出久《いずく》？
出久《いずく》!!?
ちょっと大丈夫《だいじょうぶ》!?
何《なに》魚《さかな》と
微笑《ほほえ》み合《あ》ってんの!?
ああごめん…
大丈夫《だいじょうぶ》…！
筆記《ひっき》の方《ほう》は
自己採点《じこさいてん》で
ギリギリ合格《ごうかく》
ラインを
越《こ》えていた
スワ〜
ボー…
けれどそれを
帳消《ちょうけ》しにする
圧倒的《あっとうてき》ＯＰ《ポイント》

そして
入試《にゅうし》以降《いこう》
………
ギッチ
ギッチ
オールマイトと
連絡《れんらく》が
つかなくなった
通知《つうち》…
今日《きょう》明日《あす》くらい
だっけ!?
んん…
もう！雄英《ゆうえい》
受《う》けるってだけでも
凄《すご》いことだと思《おも》うよ
お母《かあ》さん！
んー…
オールマイトとの
事《こと》は
母《はは》にも話《はな》してない
彼《かれ》が〝平和《へいわ》の象徴《しょうちょう》〟で
あり続《つづ》ける為《ため》
隠《かく》し通《とお》してきた秘密《ひみつ》
たとえ
家族《かぞく》だろうと
バラして
いいハズがない
オールマイト！
折角《せっかく》見初《みそ》めて
くれたのに
ごめんなさい
でも僕《ぼく》は…
正《ただ》しいと思《おも》う
ことを
したんだよ
ガコッ
オールマイト!!
あなたは…
出《いず》いずいずく出久《いずく》!!

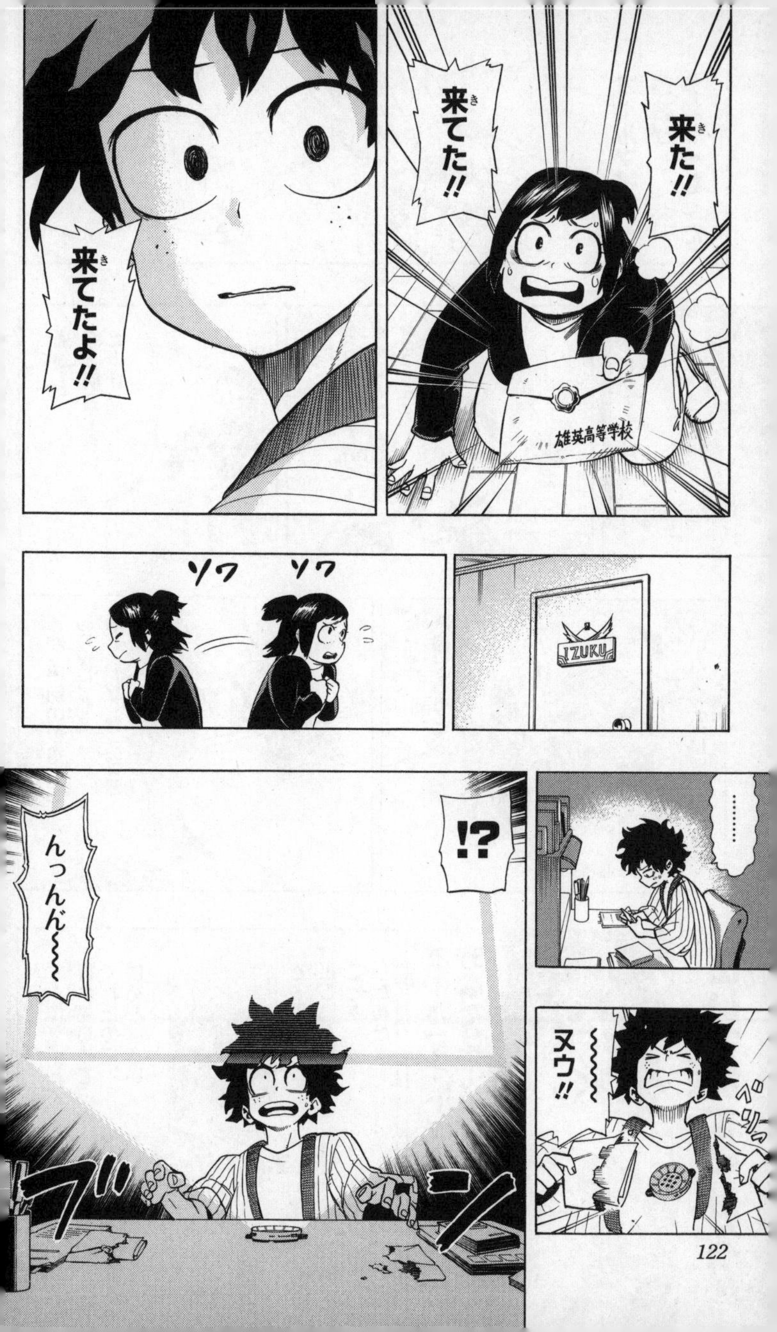

来《き》た!!
来《き》てた!!
雄英高等学校
来《き》てたよ!!
IZUKU
ソワ
ソワ
……
〜〜〜ヌウ!!
!?
んっんん〜〜〜

私《わたし》が投映《とうえい》された!!!
オールマイト!!?
ええ!? 雄英《ゆうえい》からだよな!?
ばっ
ばっ
ええ!?
諸々《もろもろ》 手続《てつづ》きに時間《じかん》かかって連絡取《れんらくと》れなくてね
ゲホッ
いや すまない!!
私《わたし》がこの街《まち》に来《き》たのはね他《ほか》でもない
雄英《ゆうえい》に勤《つと》めることになったからなんだ
雄英《ゆうえい》に!! オールマイト!!!
ええ何《なん》だい!? 巻《ま》きで!? 彼《かれ》には話《はな》さなきゃいけない事《こと》が… 後《あと》がつかえてる!? あーあーわかった O.K《オーケー》…
……!?

筆記《ひっき》は取《と》れていても
実技《じつぎ》はOP《ポイント》…
当然《とうぜん》 不合格《ふごうかく》だ
わかってた! わかってた! わかってたけど…!
悔《く》しいっ…!!!
…それだけならね!
私《わたし》もまた エンターテイナー――!!
こちらのVTR《ブイティーアール》をどうぞ!!
ピッ
マキで

パッ
すみません
あのぉ…
良《い》い人《ひと》…!!?
あのぉ
頭《あたま》もっさもさの人《ひと》…
そばカスのあった…
わかりますか…?
っと〜〜
地味《じみ》めの〜〜
試験《しけん》後《ご》すぐ
直談判《じかだんぱん》しに
来《き》たんだってさ!
何《なに》をって!?
続《つづ》きをどうぞ!!
僕《ぼく》だ!!!

その人《ひと》に
私《わたし》のP《ポイント》分《わ》けるって
出来《でき》ませんか!?
あの人《ひと》「せめて1P《ポイント》!」って言《い》ってて…!
私《わたし》聞《き》いてて!だからまだ0P《ポイント》だったんじゃって思《おも》って…!
お前《まえ》に何《なに》が出来《でき》るんだ!?
せめて私《わたし》のせいでロスした分《ぶん》…!
君《きみ》が危険《きけん》を冒《おか》す必要《ひつよう》は全《まった》くなかったんだ!
〝個性《こせい》〟を得《え》て尚《なお》
君《きみ》の行動《こうどう》は人《ひと》を動《うご》かした

あの人《ひと》
ガタッ
救《たす》けてくれたんです!!
先《さき》の入試《にゅうし》!!!
見《み》ていたのは
敵P《ヴィランポイント》のみにあらず!!!
分《わ》けらんねえしそもそも…
分《わ》ける必要《ひつよう》がねえと思《おも》うぜ女子《じょし》リスナー!!
ポンッ
人救け《正しいこと》した人間《にんげん》を排斥《はいせき》しちまうヒーロー科《か》など
あってたまるかって話《はなし》だよ!!
ビッ
ビリ
きれい事《ごと》!?上等《じょうとう》さ!!
命《いのち》を賭《と》してきれい事《ごと》実践《じっせん》するお仕事《しごと》だ!!

救助活動《レスキュー》P《ポイント》!! しかも審査制《しんさせい》!!
我々雄英《われわれゆうえい》が見《み》ていたもう一《ひと》つの基礎能力《きそのうりょく》!!
緑谷出久《みどりやいずく》60P《ポイント》
ついでに麗日《うららか》お茶子《ちゃこ》45P《ポイント》!!
ム…ムチャクチャだよ……
合格《ごうかく》だってさ
ズ

来《こ》いよ
緑谷少年《みどりやしょうねん》!
雄英《ここ》が君《きみ》のヒーローアカデミアだ!
多《おお》くの救《たす》けを受《う》けて…僕《ぼく》の人生《じんせい》は変《か》わってく
……!!
ゴシ
ゴシ
っっはい!!!
そして夢《ゆめ》の高校生活《こうこうせいかつ》が始《はじ》まる!!

麗《うらら》日《か》お茶《ちゃ》子《こ》（15）

Birthday《バースデイ》：12/27
Height《ハイト》：156cm《センチ》
好《す》きなもの：星空《ほしぞら》、和食《わしょく》

THE《ザ》・裏話《うらばなし》

・出久《いずく》と映《うつ》ることが
多《おお》くなる予定《よてい》だったので
会話《かいわ》を引《ひ》っ張《ば》ってくれるような
明《あか》るい感《かん》じです。

・意外《いがい》に口《くち》が悪《わる》い。
表裏《おもてうら》がないという証拠《しょうこ》です。
今《いま》こじつけました。

・初期構想《しょきこうそう》では
1話目《わめ》に登場《とうじょう》したMt.《マウント》レディが
このキャラの立《た》ち位置《いち》、
いわゆるヒロイン枠《わく》にいたのですが
大《おお》きくなれる女《おんな》の子《こ》を
つきつめて考《かんが》えていったら
なんか苦悩《くのう》ばかりが目立《めだ》ってきて
暗《くら》いキャラになってしまった為《ため》、
変更《へんこう》の運《はこ》びとなりました。

・名前《なまえ》を思《おも》い付《つ》いた時《とき》、
漫画家人生《まんがかじんせい》の中《なか》で初《はじ》めて
自分《じぶん》は天才《てんさい》なんじゃないかと
思《おも》いました。語感的《ごかんてき》な意味《いみ》で。

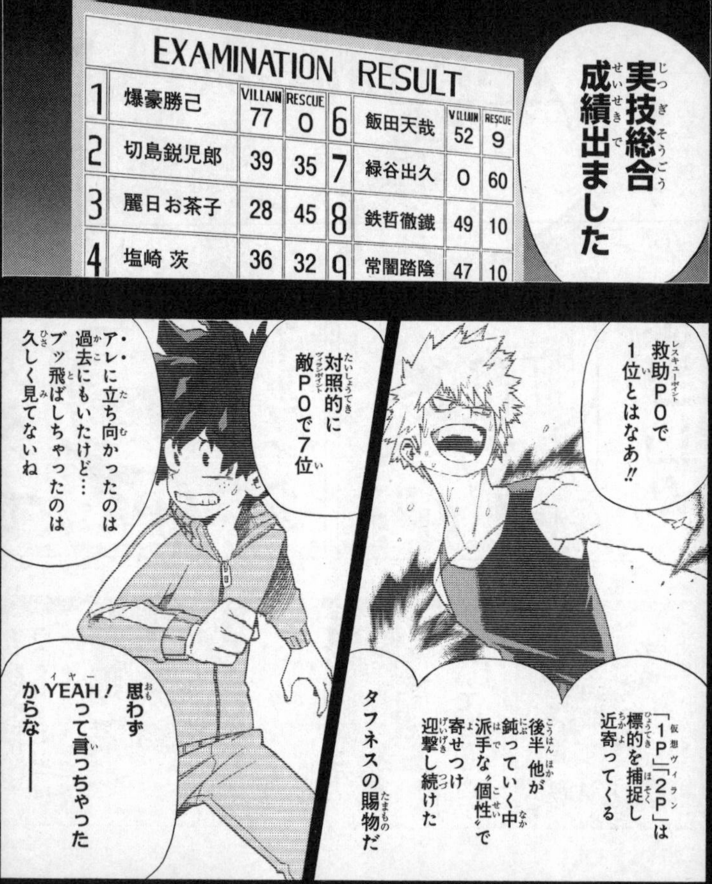
実技《じつぎ》総合《そうごう》成績《せいせき》出《で》ました
EXAMINATION RESULT
1 爆豪勝己 VILLAIN 77 RESCUE 0
2 切島鋭児郎 39 35
3 麗日お茶子 28 45
4 塩崎 茨 36 32
6 飯田天哉 VILLAIN 52 RESCUE 9
7 緑谷出久 0 60
8 鉄哲徹鐵 49 10
9 常闇踏陰 47 10
救助P《レスキューポイント》0で1位《い》とはなあ!!
「1P」「2P」《仮想ヴィラン》は標的《ひょうてき》を捕捉《ほそく》し近寄《ちかよ》ってくる
後半《こうはん》他《ほか》が鈍《にぶ》っていく中《なか》派手《はで》な〝個性《こせい》〟で寄《よ》せつけ迎撃《げいげき》し続《つづ》けた
タフネスの賜物《たまもの》だ
対照的《たいしょうてき》に敵P《ヴィランポイント》0で7位《い》
アレに立《た》ち向《む》かったのは過去《かこ》にもいたけど…ブッ飛《と》ばしちゃったのは久《ひさ》しく見《み》てないね
思《おも》わずYEAH《イヤー》！って言《い》っちゃったからな——

No.5《ナンバー》 はりさけろ入学《にゅうがく》

しかし自身《じしん》の衝撃《しょうげき》で甚大《じんだい》な負傷《ふしょう》…
まるで発現《はつげん》したての幼児《ようじ》だ
妙《みょう》な奴《やつ》だよあそこ以外《いがい》はずっと典型的《てんけいてき》な不合格者《ふごうかくしゃ》だった
細《こま》けえことはいいんだよ！俺《おれ》はあいつ気《き》に入《い》ったよ!!
YEAH《イヤー》！って言《い》っちゃったしな——
……ったくわいわいと…

No.5《ナンバー》
はりさけろ入学《にゅうがく》
合格通知《ごうかくつうち》開封《かいふう》の翌日《よくじつ》
夜《よる》8:00
オールマイト!!
ブァア!
連絡《れんらく》が来《き》て
海浜公園《かいひんこうえん》へ
誰《だれ》ソレ!!
ブバ!
オールマイト!?
うっそ!? どこ!?
リピートアフターミー!
「人違《ひとちが》いでした!」
人違《ひとちが》いでした!
今時
誰が!?
多古場海浜公園
公園謎のクリーン化
デートスポットに最適!
ス…
合格《ごうかく》おめでとう
一応《いちおう》言《い》っとくが
学校側《がっこうがわ》に
君《きみ》との接点《せってん》は
話《はな》してなかったぞ
君《きみ》そういうの
ズルだとかで
気《き》にするタイプだろ
私《わたし》は審査《しんさ》
やってないよ
パン!!
お気遣《きづか》い
ありがとうございます…

オールマイトが雄英《ゆうえい》の先生《せんせい》だなんて…驚《おどろ》いちゃいました
だからこっちに来《き》てたんですね…だって
オールマイトの事務所《じむしょ》は東京《とうきょう》都《と》港《みなと》区《く》六本木《ろっぽんぎ》6-12-
やめなさい
学校側《がっこうがわ》から発表《はっぴょう》されるまで他言《たごん》は出来《でき》なかったからね
後継《こうけい》を探《さが》していた折《おり》に雄英側《ゆうえいがわ》からたまたまご依頼《いらい》があったのさ
元々《もともと》後継《こうけい》は探《さが》していたのだ
そっか…！本当《ほんとう》は生徒《せいと》の中《なか》から選《えら》ぶ予定《よてい》だったんだ！
個性《こせい》溢《あふ》れる…実力者《じつりょくしゃ》たちから…
ワン・フォー・オール…一振《ひとふ》り…一蹴《ひとけ》りで体《からだ》が壊《こわ》れました…
僕《ぼく》にはてんで…扱《あつか》えない

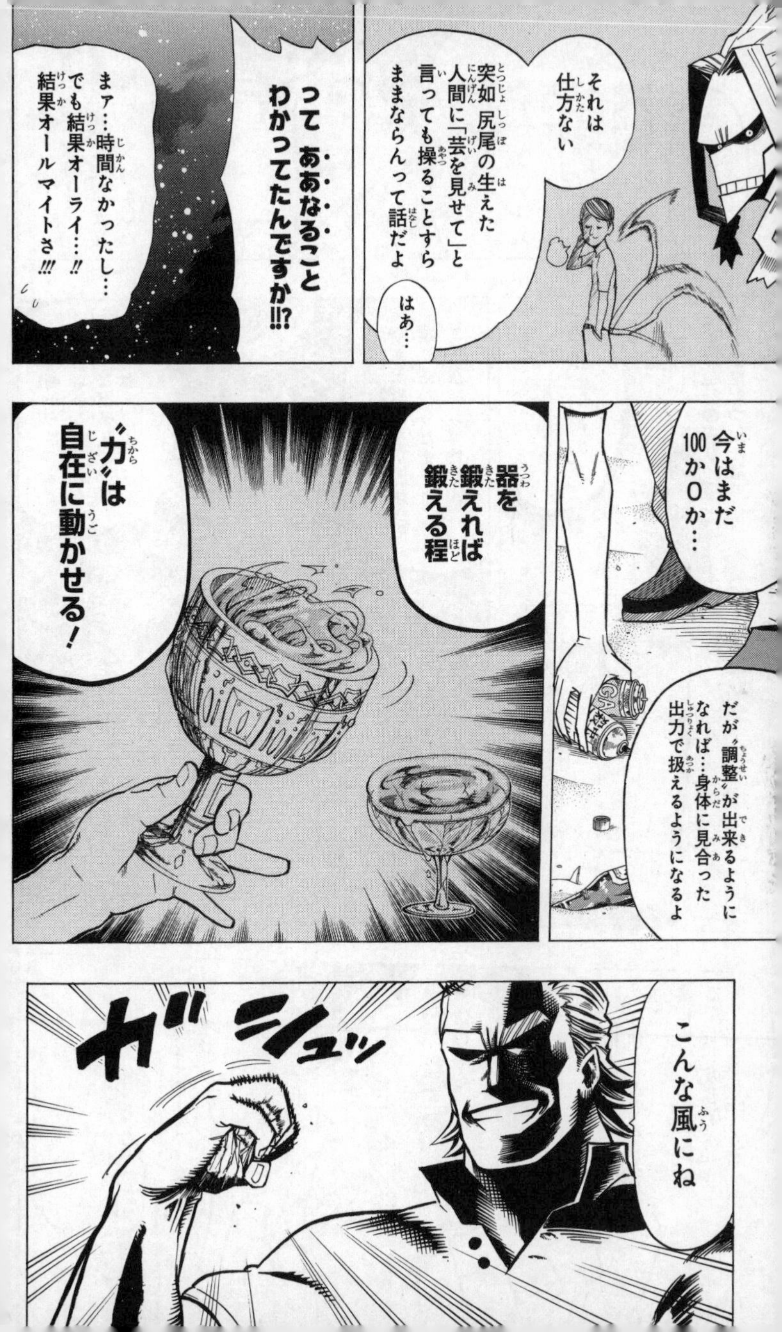

それは仕方《しかた》ない
突如《とつじょ》尻尾《しっぽ》の生《は》えた人間《にんげん》に「芸《げい》を見《み》せて」と言《い》っても操《あやつ》ることすらままならんって話《はなし》だよ
はあ…
って　ああなることわかってたんですか!!?
まァ…時間《じかん》なかったし…でも結果《けっか》オーライ…!!結果《けっか》オールマイトさ!!!
今《いま》はまだ100か0か…
だが〝調整《ちょうせい》〟が出来《でき》るようになれば…身体《からだ》に見合《みあ》った出力《しゅつりょく》で扱《あつか》えるようになるよ
器《うつわ》を鍛《きた》えれば鍛《きた》える程《ほど》
〝力《ちから》〟は自在《じざい》に動《うご》かせる!
ガシュッ
こんな風《ふう》にね

聖火《せいか》の如《ごと》く…
譲渡《じょうと》した火《ひ》は
まだ火種《ひだね》
これから
多《おお》くの雨風《あめかぜ》に
晒《さら》され
大《おお》きく
なっていく
待《ま》って
アレ…
オールマイト!?
いつの間《ま》に!?
やっべ
そして
こっちはゆっくりと
衰《おとろ》え消《き》え入《い》り
役目《やくめ》を終《お》えるのさ！
んん…
シブイね！
？

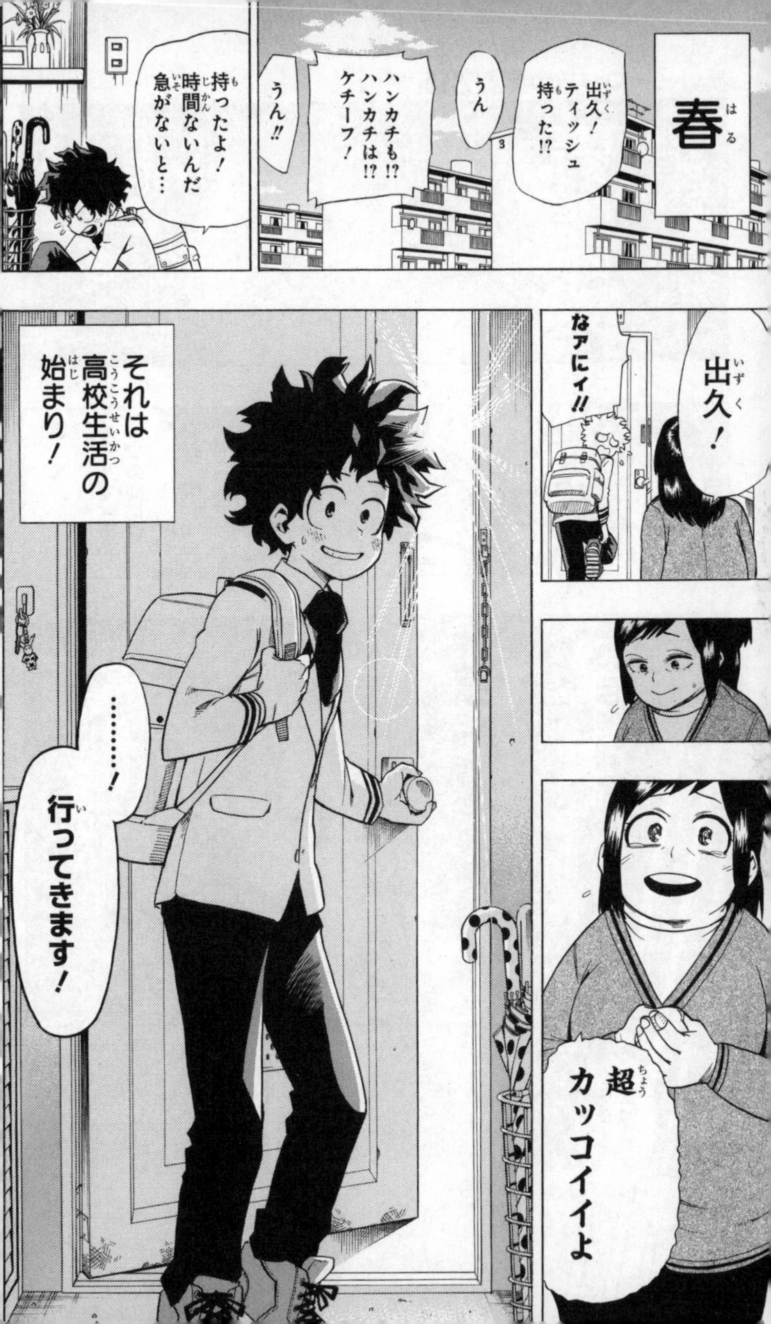

春《はる》
出久《いずく》！ティッシュ持《も》った!?
うん
ハンカチも!? ハンカチは!? ケチーフ！
うん!!
持《も》ったよ！時間《じかん》ないんだ 急《いそ》がないと…
出久《いずく》！
なァにィ!!
超《ちょう》カッコイイよ
それは高校生活《こうこうせいかつ》の始《はじ》まり！
……！行《い》ってきます！

毎年《まいとし》300を超《こ》える倍率《ばいりつ》の正体《しょうたい》
1-A《エー》… 1-A《エー》…
広《ひろ》すぎる…
一般入試《いっぱんにゅうし》定員《ていいん》36名《めい》
18人《にん》ずつでなんと2クラスしかない
あった…
ドアでか…
バリアフリーか
ドックン
ドックン…
あの受験者数《じゅけんしゃすう》から選《えら》ばれた人《エリート》たち…
スイ…
ドックン…
怖《こわ》い人《ひと》たち… クラス違《ちが》うとありがた…

机《つくえ》に足《あし》をかけるな！
雄英《ゆうえい》の先輩方《せんぱいがた》や
机《つくえ》の製作者方《せいさくしゃがた》に
申《もう》し訳《わけ》ないと思《おも》わないか!?
思《おも》わねーよ
てめーどこ中《ちゅう》だよ
端役《はやく》が！
2《ツー》トップ!!
ボ…俺《おれ》は
私立《しりつ》聡明《そうめい》中学《ちゅうがく》出身《しゅっしん》
飯田《いいだ》天哉《てんや》だ
聡明《そうめい》〜〜〜!?
ガタ
くそエリート
じゃねえか
ブッ殺《ころ》し甲斐《がい》が
ありそだな
君《きみ》ひどいな
本当《ほんとう》にヒーロー
志望《しぼう》か!?
ブッコロシガイ!?
ハッ
ハッ
俺《おれ》は
私立《しりつ》聡明《そうめい》中学《ちゅうがく》の
………
聞《き》いてたよ！
あ…っと僕《ぼく》緑谷《みどりや》
よろしく飯田《いいだ》くん…
スス…

緑谷《みどりや》くん…
君《きみ》は
あの実技試験《じつぎしけん》の構造《こうぞう》に気付《きづ》いていたのだな
俺《おれ》は気付《きづ》けなかった…!!
ギリ
君《きみ》を見誤《みあやま》っていたよ!!
悔《くや》しいが君《きみ》の方《ほう》が上手《うわて》だったようだ!
気付《きづ》いてなかったよ!?
デク……
ビクッ!
あ! そのモサモサ頭《あたま》は!!
地味《じみ》めの!!
良《い》い人《ひと》だ――!!
制服姿《せいふくすがた》やっべええ!!

プレゼント・マイクの言《い》ってた通《とお》り受《う》かったんだね!!
プレゼント・マイク
粉砕!! 粉砕!!
そりゃそうだ!! パンチ凄《すご》かったもん!!
いや! あのっ…! 本《ほん》っ当《とう》あなたの直談判《じかだんぱん》のおかげで…ぼくは…その……
へ? 何《なん》で知《し》ってんの?
……
ウチの中学《ちゅうがく》から雄英進学者《ゆうえいしんがくしゃ》が二人《ふたり》も出《で》るとは!
特《とく》に緑谷《みどりや》は奇跡中《きせきちゅう》の奇跡《きせき》だなあ!
どんな汚《きたね》え手《て》使《つか》やあ無個性《てめえ》が受《う》かるんだ
あ!!?
っ…!!
史上初《しじょうはつ》! 唯一《ゆいいつ》の雄英進学者《ゆうえいしんがくしゃ》
俺《おれ》の将来設計《しょうらいせっけい》が早速《さっそく》ズタボロだよ!
他行《ほかい》けっつったろーが!!
ガシ

いっ…っ
言《い》ってもらったんだ
「君《きみ》はヒーローに
なれる」って…！
かっちゃん…!!
「勝《か》ち取《と》った」ん
だって…！
だ…だから…
僕《ぼく》は
行《い》くんだ…!!
キーン
コーン
カーン
コーン…
反抗《はんこう》なんか
しやがって…！
ぜって──
ウラがある
ハズだ
今日《きょう》って
式《しき》とか
ガイダンス
だけかな？
先生《せんせい》って
どんな人《ひと》だろうね
緊張《きんちょう》
するよね
近い…

お友達《ともだち》ごっこしたいなら他所《よそ》へ行《い》け
ス…
ここは…
ヂュッ!!
ヒーロー科《か》だぞ
なんか!!!
シーン…
いるうう!!!

ハイ
静《しず》かになるまで
8秒《びょう》かかりました
ヌー
時間《じかん》は有限《ゆうげん》
君《きみ》たちは
合理性《ごうりせい》に欠《か》くね
先生《せんせい》!!?
てことは…
この人《ひと》も
プロのヒーロー…?
でも…
見《み》たことないぞ
こんなくたびれた人《ひと》…
担任《たんにん》の
相澤消太《あいざわしょうた》だ
よろしくね
担任《たんにん》!!?
早速《さっそく》だが
体操服《コレ》着《き》て
グラウンドに出《で》ろ
ビッ
ゴソゴソ…

雄英《ゆうえい》のシステムは
常軌《じょうき》を逸《いっ》する…
ピラ…
担任《たんにん》によっちゃ
初日《きょう》にも…
個性《こせい》把握《はあく》…
テストォ!?
入学式《にゅうがくしき》は!?
ガイダンスは!?
ヒーローになるならそんな悠長《ゆうちょう》な行事《ぎょうじ》出《で》る時間《じかん》ないよ
……
!?
雄英《ゆうえい》は〝自由《じゆう》〟な校風《こうふう》が売《う》り文句《もんく》
そしてそれは〝先生側《せんせいがわ》〟もまた然《しか》り
……?

ソフトボール投《な》げ
立《た》ち幅《はば》とび
50m走《メートルそう》
持久走《じきゅうそう》
握力《あくりょく》
反復横《はんぷくよこ》とび
上体起《じょうたいお》こし
長座体前屈《ちょうざたいぜんくつ》
中学《ちゅうがく》の頃《ころ》から
やってるだろ？
〝個性《こせい》〟禁止《きんし》の
体力《たいりょく》テスト
国《くに》は未《いま》だ
画一的《かくいってき》な記録《きろく》を取《と》って
平均《へいきん》を作《つく》り続《つづ》けてる
合理的《ごうりてき》じゃない
まぁ
文部科学省《もんぶかがくしょう》の
怠慢《たいまん》だよ
校内《こうない》で
〝個性《こせい》〟発動《はつどう》は
原則禁止《げんそくきんし》な
通勤時間帯《つうきんじかんたい》に
能力違法行使《のうりょくいほうこうし》
爆豪《ばくごう》
中学《ちゅうがく》の時《とき》
ソフトボール投《な》げ
何m《なんメートル》だった
67m《メートル》
じゃあ
〝個性《こせい》〟を
使《つか》って
やってみろ
円《えん》から出《で》なきゃ
何《なに》してもいい
早《は》よ
思《おも》いっ切《き》りな
んじゃまぁ
球威《きゅうい》に
爆風《ばくふう》を
のせる――!!

死《し》ねえ!!!
ビュオ!!
………
死《し》ね?
ピピッ
ゴロ
ト…
トッ
ピピッ
まず自分《じぶん》の「最大限《さいだいげん》」を知《し》る
705.2m
それがヒーローの素地《そじ》を形成《けいせい》する合理的手段《ごうりてきしゅだん》

なんだこれ!! すげー面白《おもしろ》そう!
705m《メートル》って マジかよ
“個性《こせい》”思《おも》いっきり 使《つか》えるんだ!! さすがヒーロー科《か》!!
ちょっと待《ま》てよ マズイぞ 8種目《しゅもく》…
いきなりこんな…
………
面白《おもしろ》そう… か
ヒーローになる為《ため》の 三年間《さんねんかん》
!?
そんな腹《はら》づもりで 過《す》ごす気《き》で いるのかい?
よし
トータル成績《せいせき》 最下位《さいかい》の者《もの》は 見込《みこ》み無《な》しと判断《はんだん》し
除《じょ》籍《せき》処《しょ》分《ぶん》と しよう
はあああ!?
なんだそりゃ!? マズイ…8種目《しゅもく》…!

相澤《あいざわ》くんかー…
こりゃいきなり
どでかい受難《じゅなん》!!
相澤 消太
CODE NAME
抹消ヒーロー
イレイザー・ヘッド
通算除籍指導数 154回
今年度 1-A担任
100か0か
僕《ぼく》はまだ〝調整《ちょうせい》〟なんて…
生徒《せいと》の如何《いかん》は先生《おれたち》の〝自由《じゆう》〟
ようこそ
これが

雄英《ゆうえい》高校《こうこう》ヒーロー科《か》だ
入学初日《にゅうがくしょにち》の大試練《だいしれん》
どうする僕《ぼく》!!?

飯《いい》田《だ》天《てん》哉《や》(15)

THE·SHIFUKU

Birthday《バースデイ》：8/22

Height《ハイト》：179cm《センチ》

好《す》きなもの：勉強《べんきょう》、ビーフシチュー

THE《ザ》・裏話《うらばなし》

・連載会議《れんさいかいぎ》も大詰《おおづ》め、
というあたりで生《う》まれた
キャラクター。
予想《よそう》だにしない方向《ほうこう》へと
キャラが立《た》っていき
僕自身一番驚《ぼくじしんいちばんおどろ》いています。
描《か》いていて最《もっと》も楽《たの》しい
奴《やつ》かもしれません。
飯田《いいだ》の〝個性《こせい》〟は構想初期《こうそうしょき》では
プロヒーローが持《も》っていたもので
そっから色々考《いろいろかんが》えて
飯田《いいだ》のものになりました。
やったぜ。

No.《ナンバー》6 今《いま》僕《ぼく》に出《で》来《き》ることを

緑《みどり》谷《や》's《ズ》ヘア
毛根《もうこん》がねじれている。
緑《みどり》谷《や》's《ズ》汗《あせ》
汗腺《かんせん》がブチ切《き》れてる。
緑《みどり》谷《や》's《ズ》タイ
ネクタイの結《むす》び方《かた》がヘタ。
緑《みどり》谷《や》's《ズ》アイ
涙腺《るいせん》がブチ切《き》れてる。
緑《みどり》谷《や》's《ズ》全身《ぜんしん》
オールマイトのようになる為《ため》日《ひ》々《び》鍛錬《たんれん》。
緑《みどり》谷《や》's《ズ》リュック
黄色《きいろ》い。でかい。
緑《みどり》谷《や》's《ズ》シューズ
赤《あか》い。デカイ。描《か》いてて楽《たの》しい。

U.A.FILE.01

CLASS No.18

IZUKU MIDORIYA

○個性《こせい》(仮)

ONE FOR ALL《ワン・フォー・オール》

何人《なんにん》もの努力《どりょく》が
蓄積《ちくせき》された力《ちから》の結晶《けっしょう》!
瞬間的《しゅんかんてき》にバカみたいな
力《ちから》が出《だ》せるぞ!
ただ、緑谷《みどりや》少年《しょうねん》には
まだバカみたいに負担《ふたん》が
大《おお》きく、
100%《パーセント》の力《ちから》だと体《からだ》が壊《こわ》れて
しまう!
まず調整《ちょうせい》することを
覚《おぼ》えるんだ!
頑張《がんば》れよ少年《しょうねん》!

最下位《さいかい》除籍《じょせき》って…！
入学初日《にゅうがくしょにち》ですよ!? いや初日《しょにち》じゃなくても…
理不尽《りふじん》すぎる!!
自然災害《しぜんさいがい》…大事故《だいじこ》…身勝手《みがって》な敵《ヴィラン》たち…
いつどこから来《く》るかわからない厄災《やくさい》
日本《にほん》は理不尽《りふじん》にまみれてる
そういう理不尽《ピンチ》を
フ…
覆《くつがえ》していくのがヒーロー
放課後《ほうかご》マックで談笑《だんしょう》したかったならお生憎《あいにく》
これから三年間《さんねんかん》雄英《ゆうえい》は全力《ぜんりょく》で君《きみ》たちに
苦難《くなん》を与《あた》え続《つづ》ける

“Plus Ultra”《プルスウルトラ》さ
更に 向こうへ
全力《ぜんりょく》で乗《の》り越《こ》えて来《こ》い
洗礼《せんれい》と言《い》うには重《おも》すぎる…
これが最高峰《さいこうほう》…やるしかない!
もっと行《い》けんな
さてデモンストレーションは終《お》わり
〰〰!!
こっからが本番《ほんばん》だ

ド
3秒《びょう》04！
飯田天哉《いいだてんや》
〝個性《こせい》〟「エンジン」
50m《メートル》じゃ3速《そく》までしか入《はい》らんな…
見《み》たまんまだ！脚《あし》が速《はや》い！
DRRRRR
まあ…水《みず》を得《え》た魚《うお》
他《ほか》がどうするかが見物《みもの》だな
蛙吹梅雨《あすいつゆ》
5秒《びょう》58
ケロ…

靴《くつ》軽《かる》くして…
ポン
ポン
服《ふく》も軽《かる》く…
7秒《びょう》15
ひ
ピッ
麗日《うららか》お茶子《ちゃこ》
〝個性《こせい》〟「無重力《ゼログラビティ》」
あでも中学《ちゅうがく》の時《とき》より速《はや》なった
触《ふ》れたモノにかかっている引力《いんりょく》を無効化《むこうか》する!
ただしキャパオーバーすると激《はげ》しく酔《よ》う!
うプッ
中学《ちゅうがく》 7:28──→7:15
フフ…皆《みんな》工夫《くふう》が足《た》りないよ
くる
ヨーイ…
〝個性《こせい》〟を使《つか》っていいってのは
トンッ
START!《スタート》
こういう事《こと》さ!
THOOOM

5秒《びょう》51‼
一秒以上《いちびょういじょう》射出《しゃしゅつ》すると お腹《なか》壊《こわ》しちゃうんだよね
なんだこいつ
青山優雅《あおやまゆうが》 〝個性《こせい》〟「ネビルレーザー」
へそから レーザーが出《で》る！ 持続時間《じぞくじかん》が ネックだ！
フフフフ フフフフ
中学《ちゅうがく》 8:25——→5:51
〝個性《こせい》〟を 最大限使《さいだいげんつか》い
各記録《かくきろく》の 伸《の》び代《しろ》を見《み》れば 「何《なに》が出来《でき》て」「何《なに》が出来《でき》ない」かが 浮《う》き彫《ぼ》りになる
それは己《おのれ》を 活《い》かす
創意工夫《そういくふう》に繋《つな》がる
爆速《ばくそく》‼
へ？
出席番号《しゅっせきばんごう》 17・18

ターボ!!
どあ!!
4秒《びょう》13!!
爆豪勝己《ばくごうかつき》
"個性《こせい》"「爆破《ばくは》」
やっぱ両手《りょうて》だと威力分散《いりょくぶんさん》しちまうなー…
デクは……
中学《ちゅうがく》 5:58→4:13
オツカレ
7秒《びょう》02!
中学《ちゅうがく》 7:49→7:02
あと7種目《しゅもく》…
きっと皆《みんな》"個性《こせい》"を活《い》かして普通《ふつう》じゃない記録《きろく》を出《だ》してくる
対《たい》して僕《ぼく》は一度《いちど》使《つか》えば…身体《からだ》が壊《こわ》れてしまう"力《ちから》"!
調整《ちょうせい》…調整《ちょうせい》!!
イメージは出来《でき》ても…実践《じっせん》となると…!
……

調整《ちょうせい》のコツ…それは
感覚《かんかく》だ!!
さすがオールマイト!!
くぅ…
君《きみ》はもう既《すで》に100%《パーセント》を引《ひ》き出《だ》した
THIP
THIP
バキバキになりましたけど……
そうなれば話《はなし》は早《はや》い!感覚《かんかく》を覚《おぼ》えたハズだ!
どうだった!!?
ビリっというかブワッというか…えっとー…そうだ電子《でんし》レンジに入《い》れられた卵《たまご》のような…
チーン
ポク…
ポク…
ポク…
地《じ》味《み》だがユニーク!!
HA HA HA
ブッシャ!!
それが君《きみ》のイメージなら
「W数《ワットすう》を下《さ》げる」「タイマーを短《みじか》く」…
何《なん》でも良《い》いが卵《たまご》が爆発《ばくはつ》しないイメージを
反《はん》すうするんだ!!

入学《にゅうがく》まで三週間《さんしゅうかん》…
ひたすらイメージを続《つづ》けなさい
一朝一夕《いっちょういっせき》にはいかないかもしれんが…
君《きみ》なら出来《でき》る!!いつか必《かなら》ずね!!
第《だい》2種目《しゅもく》握力《あくりょく》——…
……
卵《たまご》が…爆発《ばくはつ》しないイメージ…
ゾワ
ピピッ
くっ…
すげぇ!!
中学《ちゅうがく》40kgw《キロ》
→56kgw《キロ》
540キロて!!あんたゴリラ!?タコか!!
中学《ちゅうがく》46kgw《キロ》
→540kgw《キロ》
……
タコって
……エロイよね

第《だい》3種目《しゅもく》
立《た》ち幅跳《はばと》び
調整《ちょうせい》…
第《だい》4種目《しゅもく》
反復横跳《はんぷくよこと》び
ひゅううう!!!!
シュタタタタ
ブヨン
ブヨン
第《だい》5種目《しゅもく》
ボール投《な》げ
セイ!!
……
ピピッ
ス…
∞《むげん》!!?
すげぇ!!
∞《むげん》が出《で》たぞ——!!!
ダメだこれ!
すぐ出来《でき》るような
簡単《かんたん》な話《はなし》じゃない!
皆《みな》…一《ひと》つは
大記録《だいきろく》を出《だ》してる
のに…!!
残《のこ》りは
持久走《じきゅうそう》 上体起《じょうたいお》こし
長座体前屈《ちょうざたいぜんくつ》…
もう後《あと》がない…!!

このままだと…
僕《ぼく》が最下位《さいかい》━━…
ザッ
緑谷《みどりや》くんは このままだと マズいぞ…?
つたりめーだ 無個性《むこせい》のザコだぞ!
無個性《むこせい》!? 彼《かれ》が入試時《にゅうしじ》に 何《なに》を成《な》したか知《し》らんのか!?
は?
……そろそろか…
お母《かあ》さん…!
オールマイト…!!
出久《いずく》 超《ちょう》カッコイイよ
君《きみ》は ヒーローになれる
絶対《ぜったい》なるんだ!!!

46m《メートル》
な…今《いま》確《たし》かに使《つか》おうって…
ザワ…
ハラ…
!?
〝個性《こせい》〟を消《け》した
ハラ…
そ〜

ギン
つくづく あの入試《にゅうし》は…
合理性《ごうりせい》に欠《か》くよ おまえのような奴《やつ》も 入学《にゅうがく》出来《でき》てしまう
消《け》した…!! あのゴーグル… そうか……!
視《み》ただけで人《ひと》の〝個性《こせい》〟を 抹消《まっしょう》する〝個性《こせい》〟!!
抹消《まっしょう》ヒーロー イレイザーヘッド!!!
イレイザー? 俺《おれ》…知《し》らない
ざわ
ざわ
名前《なまえ》だけは 見《み》たことある! アングラ系《けい》 ヒーローだよ!
「仕事《しごと》に 差《さ》し支《つか》える」 と
メディアへの露出《ろしゅつ》を 嫌《きら》っているからな… そうさ緑谷少年《みどりやしょうねん》! 私《わたし》は彼《かれ》と……
ウマが合《あ》わないぞ!!
見《み》たとこ…〝個性《こせい》〟を 制御《せいぎょ》できないんだろ? また行動不能《こうどうふのう》になって
ザ…
誰《だれ》かに救《たす》けてもらう つもりだったか?

そっ そんなつもりじゃ…
!
グイ
うわ
どういう つもりでも
周《まわ》りは そうせざるを えなくなるって 話《はなし》だ
昔《むかし》・・・暑苦《あつくる》しい・・・ヒーロー・・・が
大災害《だいさいがい》から 一人《ひとり》で千人以上《せんにんいじょう》を 救《すく》い出《だ》すという 伝説《でんせつ》を創《つく》った
同《おな》じ蛮勇《ばんゆう》でも… おまえのは一人《ひとり》を救《たす》けて 木偶《デク》の坊《ぼう》になるだけ
緑谷出久《みどりやいずく》 おまえの〝力《ちから》〟じゃ ヒーローにはなれないよ
〝個性《こせい》〟は 戻《もど》した… ボール投《な》げは2回《かい》だ
ッ…
とっとと 済《す》ませな

ブツ
ブツ
……
彼《かれ》が心配《しんぱい》？ 僕《ぼく》はね……全《ぜん》っ然《ぜん》
ダレキミ
指導《しどう》を受《う》けていたようだが
除籍《じょせき》宣告《せんこく》だろ
ここで性懲《しょうこ》りもなく玉砕覚悟《ぎょくさいかくご》の全力《ぜんりょく》か…
はたまた萎縮《いしゅく》して最下位《さいかい》におさまるか…
どっちに転《ころ》んでも見込《みこ》みはない
力《ちから》の調整《ちょうせい》…僕《ぼく》にはまだ出来《でき》ない…！
この一投《いっとう》で「出来《でき》る可能性《かのうせい》」に懸《か》けるのか？ オールマイトも言《い》ってたのに？ 一朝一夕《いっちょういっせき》にはいかないって…！ ダメだ…ダメだ
ブツブツブツブツ
それなら ただ!! 全力《ぜんりょく》で!!
見込《みこ》み

ゼロ……
相澤《あいざわ》先生《せんせい》の
言《い》う通《とお》りだ
まだ…
──!?
これまで通《どお》りじゃ
ヒーローになんて
なれやしない
まだだ!!!

まだ!!!!
僕《ぼく》は人《ひと》より何倍《なんばい》も頑張《がんば》らないと…ダメなんだ!
おいおいマジか!!
最大限《さいだいげん》で…
最小限《さいしょうげん》に…
だから全力《ぜんりょく》で!!
今《いま》

僕《ぼく》に出来《でき》ることを!!!
SMASH《スマッシュ》
ピピッ…
あの痛《いた》み…
程《ほど》じゃない!!
ズキ
ズキ

力《ちから》まかせの一《ひと》振《ふ》りじゃなく
705.3m
指先《ゆびさき》にのみ力《ちから》を集中《しゅうちゅう》させたのか…!!
また行動《こうどう》不《ふ》能《のう》になって誰《だれ》かに救《たす》けてもらうつもりだったか？
グッ
先生《せんせい》……！
まだ……動《うご》けます
こいつ……！

相《あい》澤《さわ》消《しょう》太《た》(30)
＜イレイザーヘッド＞

Birthday《バースデイ》：11/8
Height《ハイト》：183cm《センチ》
好《す》きなもの：猫《ねこ》

THE《ザ》・裏話《うらばなし》

・合理性《ごうりせい》をモットーに動《うご》く男《おとこ》。
合理性《ごうりせい》をつきつめていくと
人間《にんげん》こんな風貌《ふうぼう》になるんじゃ
ないかと思《おも》いました。
あくまで世間体《せけんてい》に
こだわらなければの場合《ばあい》ですが。

THE《ザ》・補足《ほそく》

・部屋《へや》に何《なに》もなさそう。

心配《しんぱい》になっちゃって来《き》たけど…
なんだよ少年《しょうねん》!!
No.《ナンバー》7　服着《ふくき》よう？
力《ちから》の調整《ちょうせい》はまだ出来《でき》ない！
行動不能《こうどうふのう》になるわけにもいかない！
ならばと！ボールを押《お》し出《だ》す最後《さいご》の力《ちから》…
指先《ゆびさき》のみにワン・フォー・オールを発揮《はっき》させた!!
最小限《さいしょうげん》の負傷《ふしょう》で最大限《さいだいげん》の力《ちから》を…
なんだよ少年《しょうねん》！
まだ……動《うご》けます
かっこいいじゃないか!!!

やっとヒーローらしい記録《きろく》出《だ》したよ——
わー
指《ゆび》が腫《は》れ上《あ》がっているぞ入試《にゅうし》の件《けん》といい…おかしな個性《こせい》だ……
スマートじゃないよね
……
…………!!!
No.《ナンバー》7
服《ふく》着《き》よう？

何《なん》だあれ…!!
“個性《こせい》”の発現《はつげん》はもれなく四歳《よんさい》までだ!
ありえねぇ…!
けど実際《じっさい》…!!!
「勝《か》ち取《と》った」んだって……!!
どーいうことだ こら ワケを言《い》え デク てめぇ!!
ボボッ
ボッ
うわああ!!!
THWIP
んぐぇ!!
ぐっ…
んだ この布《ぬの》 固《かた》っ…!!
ギチチ…
炭素繊維《たんそせんい》に特殊合金《とくしゅごうきん》の鋼線《こうせん》を編《あ》み込《こ》んだ「捕縛武器《ほばくぶき》」だ
ザワ…
ったく 何度《なんど》も“個性《こせい》”使《つか》わすなよ…
ギチチチ…

俺《おれ》はドライアイなんだ
ギッ
"個性《こせい》"すごいのにもったいない!!
相澤消太《あいざわしょうた》
視《み》た者《もの》の"個性《こせい》"を消《け》す!
瞬《まばた》きすると解《と》ける!
時間《じかん》がもったいない
次《つぎ》準備《じゅんび》しろ
フ…
かっちゃん…!
泣《な》いてるだろ…!?
これ以上《いじょう》は
僕《ぼく》が許《ゆる》さやなへぞ
ガタ
ガタ
ガタ
ガタ
指《ゆび》大丈夫《だいじょうぶ》?
あ…うん…
っ……
うわあ…
いやいや…さすがに何か言い返せよ
言ってやんなよ
かわいそうに中三になってもまだ彼は
現実《げんじつ》が見《み》えてないのです
ついこないだまで…
道端《みちばた》の石《いし》っコロだったろーが
……
良《い》いなぁ
かっちゃん"個性《こせい》"
かっこいいもんなぁ
僕《ぼく》も早《はや》く出《で》ないかなあ
デクがどんな
"個性《こせい》"でも
俺《おれ》にはいっしょー
かなわねーっつーの!

道端《みーちばた》の
石《いし》っコロだったろーが!!!
痛《いた》みと戦《たたか》いながらこれといった記録《きろく》も出《だ》せず
全種目《ぜんしゅもく》を終了《しゅうりょう》——…
んじゃパパっと結果発表《けっかはっぴょう》
トータル最下位《さいかい》が除籍《じょせき》……!この中《なか》の誰《だれ》か…
トータルは単純《たんじゅん》に各種目《かくしゅもく》の評点《ひょうてん》を合計《ごうけい》した数《かず》だ
口頭《こうとう》で説明《せつめい》すんのは時間《じかん》の無駄《むだ》なので一括開示《いっかつかいじ》する
ドクン
ドクン…
記録《きろく》らしい記録《きろく》はボール投《な》げだけ…
他《ほか》はパッとしない…!持久走《じきゅうそう》に至《いた》っては痛《いた》みで酷《ひど》い結果《けっか》だった!除籍《じょせき》は———…

ちなみに除籍《じょせき》はウソな
!?
……
!?
君《きみ》らの最大限《さいだいげん》を引《ひ》き出《だ》す
合理的虚偽《ごうりてききょぎ》
ハッ
は――――!!!!??
出久
あんなのウソに決《き》まってるじゃない…ちょっと考《かんが》えればわかりますわ…

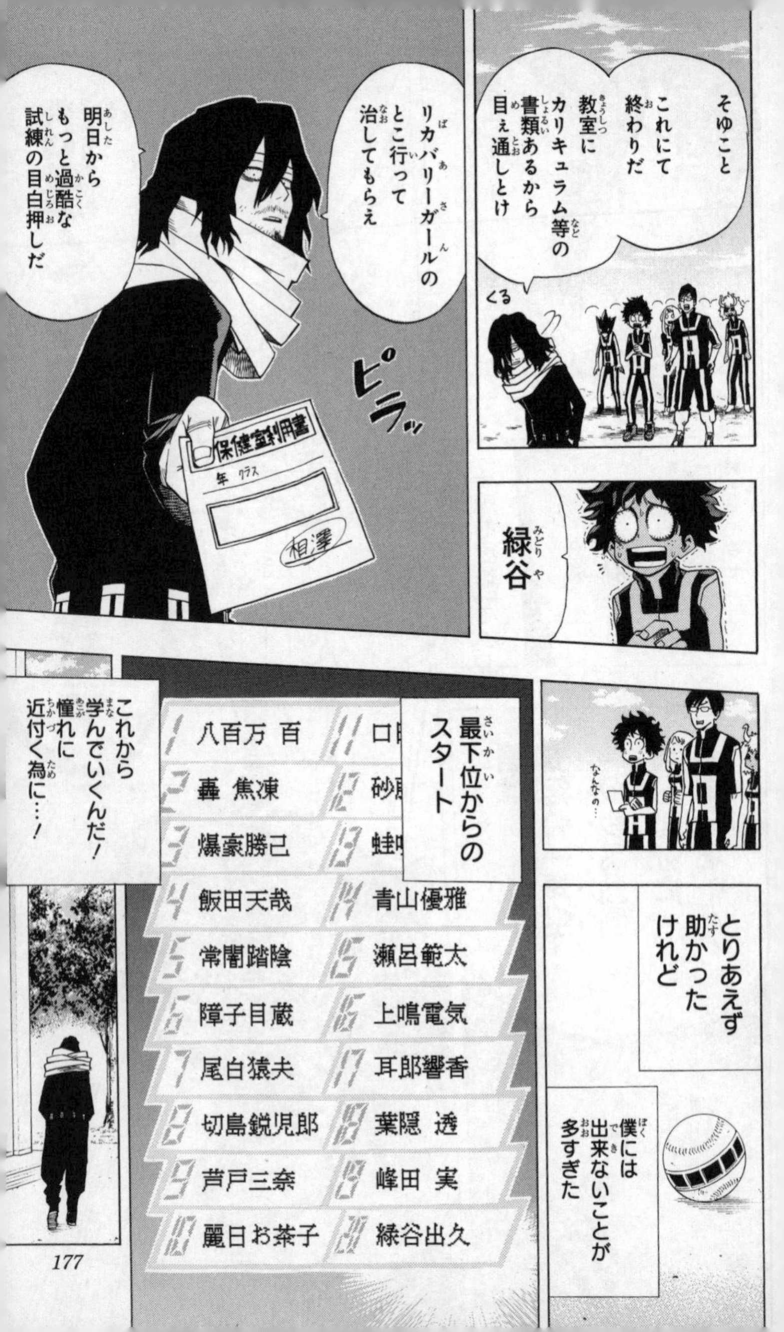

そゆこと これにて終《お》わりだ 教室《きょうしつ》にカリキュラム等《など》の書類《しょるい》あるから目《め》ぇ通《とお》しとけ
くる
緑谷《みどりや》
リカバリーガール《ばあさん》のとこ行《い》って治《なお》してもらえ
ピラッ
保健室利用書
年 クラス
相澤
明日《あした》からもっと過酷《かこく》な試練《しれん》の目白押《めじろお》しだ
なんなの…
とりあえず助《たす》かったけれど
僕《ぼく》には出来《でき》ないことが多《おお》すぎた
最下位《さいかい》からのスタート
1 八百万 百
2 轟 焦凍
3 爆豪勝己
4 飯田天哉
5 常闇踏陰
6 障子目蔵
7 尾白猿夫
8 切島鋭児郎
9 芦戸三奈
10 麗日お茶子
11 口
12 砂
13 蛙
14 青山優雅
15 瀬呂範太
16 上鳴電気
17 耳郎響香
18 葉隠 透
19 峰田 実
20 緑谷出久
これから学《まな》んでいくんだ！憧《あこが》れに近付《ちかづ》く為《ため》に…！

相澤《あいざわ》くんのウソつき！
オールマイトさん…見《み》てたんですね… 暇《ひま》なんですか？
「合理的虚偽《ごうりてききょぎ》」て‼
エイプリルフールは一週間前《いっしゅうかんまえ》に終《お》わってるぜ
君《きみ》は去年《きょねん》の一年生《いちねんせい》…一《ひと》クラス全員《ぜんいん》除籍処分《じょせきしょぶん》にしている
教員名簿
SECRET

「見込《みこ》みゼロ」と判断《はんだん》すれば迷《まよ》わず切《き》り捨《す》てる
そんな男《おとこ》が前言撤回《ぜんげんてっかい》っ！それってさ！
君《きみ》も緑谷君《あの子》に可能性《かのうせい》を感《かん》じたからだろう!?
………
君《きみ》も？
ギクッ
ずいぶんと肩入《かたい》れしてるんですね…？先生《せんせい》としてどうなんですかそれは…
〝ゼロ〟ではなかった
それだけです
ザッ

見込《みこ》みがない者《もの》は
いつでも切《き》り捨《す》てます
半端《はんぱ》に夢《ゆめ》を追《お》わせる事《こと》ほど
残酷《ざんこく》なものはない
君《きみ》なりの
優《やさ》しさってわけかい
相澤《あいざわ》くん…でも
やっぱ……
合《あ》わないんだよな
——
おい
オールマイト
いる!!
うぉー!!
初日終了《しょにちしゅうりょう》
下校時間《げこうじかん》——…
ど
へ〜〜
疲《つか》れた…!!
指《ゆび》は
治《なお》ったのかい？
POM
わ！
飯田《いいだ》くん…！うん
リカバリーガールの
おかげで…
保健室
チユ〜〜
わ…すごい
治《なお》った…
けど…
なんか…
疲《つか》れが…
ドッと…
前回《ぜんかい》は気絶《きぜつ》していたので
出久自身《いずくじしん》は記憶《きおく》なし

私《わたし》の"個性《こせい》"は
人《ひと》の治癒力《ちゆりょく》を
活性化《かっせいか》させるだけ
ペッツだよ お食べ
治癒《ちゆ》ってのは
体力《たいりょく》が要《い》るんだよ
大《おお》きなケガが続《つづ》くと
体力消耗《たいりょくしょうもう》しすぎて
逆《ぎゃく》に死《し》ぬから気《き》をつけな
逆《ぎゃく》に死《し》ぬ!!!!
助《たす》けてもらって
ばかりじゃ
ダメだ…
早《はや》く
調整出来《ちょうせいでき》るように
しないと…!
しかし
相澤先生《あいざわせんせい》には
やられたよ
俺《おれ》は
「これが最高峰《さいこうほう》!」とか
思《おも》ってしまった!
教師《きょうし》がウソで
鼓舞《こぶ》するとは…
飯田《いいだ》くん
怖《こわ》い人《ひと》かと思《おも》ってた
けど
真面目《まじめ》なだけなんだ
おーい!
お二人《ふたり》さーん!
駅《えき》まで?
待《ま》ってー!
ツッテケテー
麗日《うららか》さん!
君《きみ》は
∞女子《むげんじょし》
∞女子《むげんじょし》!!
麗日《うららか》お茶子《ちゃこ》
です!
えっと飯田天哉《いいだてんや》くんに
緑谷《みどりや》…デクくん!
だよね!!
デク!!?

え？だって
テストの時《とき》
爆豪《ばくごう》って人《ひと》が
デク
てめェー!!
って
あの…
本名《ほんみょう》は出久《いずく》で…
デクはかっちゃんが
バカにして…
ササッ
蔑称《べっしょう》か
え——
そうなんだ!!
ごめん!!
でも「デク」って…
「頑張《がんば》れ!!」って
感《かん》じで
なんか
好《す》きだ
私《わたし》
響《ひび》きが
デクです
緑谷《みどりや》
くん!!

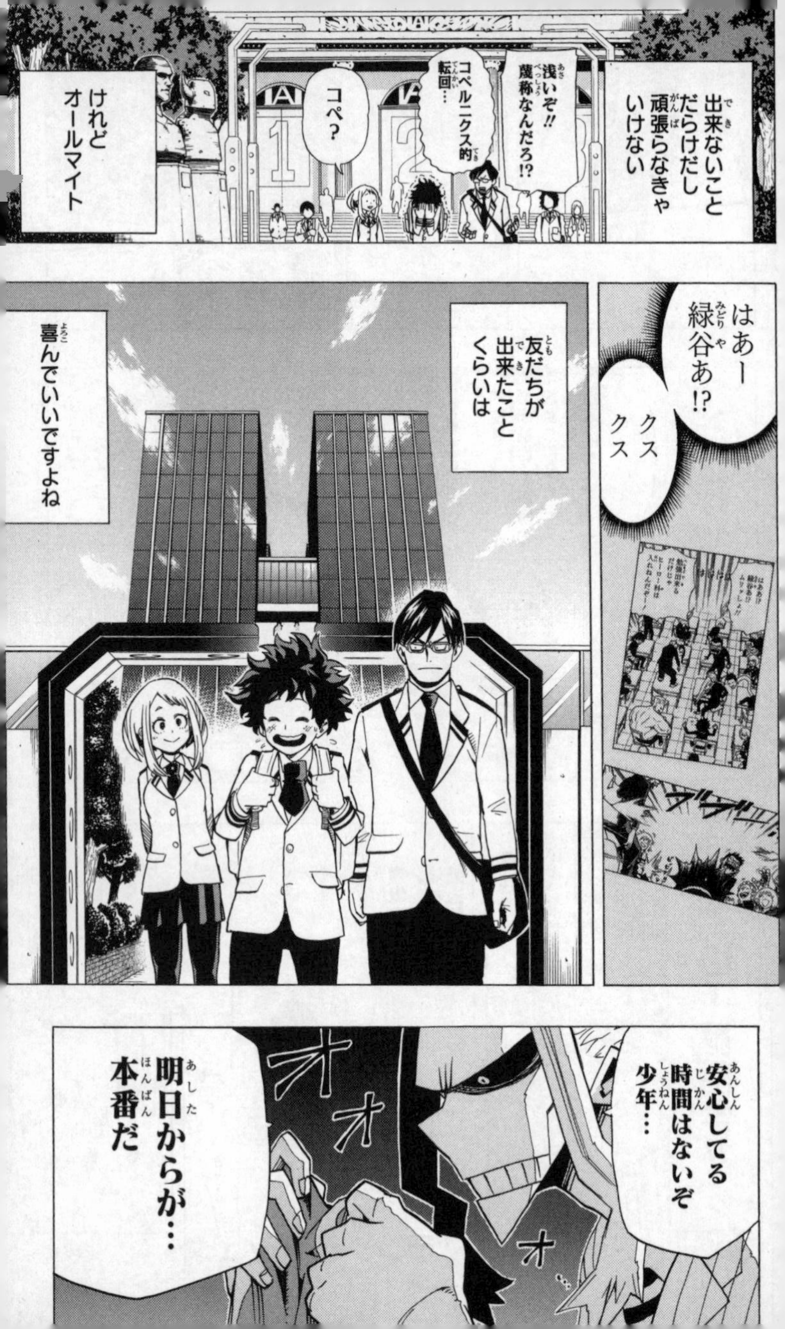
出来《でき》ないことだらけだし頑張《がんば》らなきゃいけない
浅《あさ》いぞ!! 蔑称《べっしょう》なんだろ!?
コペルニクス的《てき》転回《てんかい》…
コペ?
けれどオールマイト
はあー緑谷《みどりや》あ!?
クスクス
友《とも》だちが出来《でき》たことくらいは
喜《よろこ》んでいいですよね
安心《あんしん》してる時間《じかん》はないぞ少年《しょうねん》…
明日《あした》からが…本番《ほんばん》だ
オ
オ
オ

剣道部《けんどうぶ》入《はい》ろーぜ
あ…いや
んじゃ次《つぎ》の英文《えいぶん》のうち間違《まちが》っているのは?
おらエヴィバディヘンズアップ盛《も》り上《あ》がれー!!!
普通《ふつう》だ
普通《ふつう》だ
普通《ふつう》だ
普通《ふつう》だ
午前《ごぜん》は必修科目《ひっしゅうかもく》・英語《えいご》等《など》の普通《ふつう》の授業《じゅぎょう》!
普通《ふつう》だ
普通《ふつう》だ
くそつまんね
関係詞《かんけいし》の場所《ばしょ》が違《ちが》うから…4番《ばん》!
昼《ひる》は大食堂《だいしょくどう》で一流《いちりゅう》の料理《りょうり》を安価《あんか》で頂《いただ》ける!
カレーライス
牛丼
白米《はくまい》に落《お》ち着《つ》くよね最終的《さいしゅうてき》に!!
クックヒーロー
ランチラッシュ
そして午後《ごご》の授業《じゅぎょう》!いよいよだ!
ヒーロー基礎学《きそがく》!!

わーたーしーがー!!
来《き》っ
HAHAHAHAHA
普《ふ》通《つう》にドアから来《き》た!!!
オールマイトだ…!!
すげえや 本当《ほんとう》に先生《せんせい》やってるんだな…!!!
ザワ
ザワ
銀時代《シルバーエイジ》のコスチュームだ……!
画《が》風《ふう》違《ちが》いすぎて鳥肌《とりはだ》が……

ヒーロー基礎学《きそがく》！
グググ…
ヒーローの素地《そじ》をつくる為《ため》様々《さまざま》な訓練《くんれん》を行《おこな》う課目《かもく》だ!!
単位数《たんいすう》も最《もっと》も多《おお》いぞ
早速《さっそく》だが今日《きょう》はコレ!!
BATTLE
戦闘《せんとう》訓練《くんれん》!!!
戦闘《せんとう》……
訓練《くんれん》…！
ガゴッ
そしてそいつに伴《ともな》って…こちら!!!
!?
ゴゴゴゴ
入学前《にゅうがくまえ》に送《おく》ってもらった「個性届《こせいとどけ》」と「要望《ようぼう》」に沿《そ》ってあつらえた…

戦闘服《コスチューム》!!!
ガタッ
おおお!!!!
ギュ
コスチューム…!!
着替《きが》えたら順次《じゅんじ》グラウンド・β《ベータ》に集《あつ》まるんだ!!
はーい!!!
恰好《かっこう》から入《はい》るってのも大切《たいせつ》な事《こと》だぜ少年少女《しょうねんしょうじょ》!!
ガコッ
ス…
自覚《じかく》するのだ!!!!
今日《きょう》から自分《じぶん》は…
ドルンッ

ヒーローなんだと!!

1緑《みどり》谷《や》出《いず》久《く》：オリジン（完《かん》）

あとがき

1巻《かん》読《よ》んで頂《いただ》きありがとうございます。
いつか描《か》きたいなと思《おも》っていたので
連載《れんさい》させてもらえて、とても嬉《うれ》しいです。
次巻以降《じかんいこう》どっとキャラクターが増《ふ》えて
ワサッとするかもしれませんが
皆《みな》さんにもっと楽《たの》しんで頂《いただ》けるよう
脳《のう》ミソと右手《みぎて》をフルスロットルで酷使《こくし》して参《まい》ります。

左《ひだり》はいつも救《たす》けてくれる作画《さくが》ヒーローたち!!たまにシカトされるけど良《い》い人《ひと》たちばかりです!!
彼《かれ》らなしには成《な》り立《た》たん!!

ネダさん。
ダメ界《かい》のホープ
ササイさん。
仕事《しごと》を投《な》げると
すごいものが
返《かえ》ってくる。
横山《よこやま》さん。
洗《あら》い物《もの》を
してくれる。
シナチク。
超頼《ちょうたよ》れる。
やばい。
堀江《ほりえ》くん。
笑顔《えがお》が素敵《すてき》。
闇《やみ》が深《ふか》そう。
フジヤ。
極度《きょくど》の盛《も》り上《あ》げ上手《じょうず》。
名古屋拓生《なごやたくお》。
めちゃくちゃ上手《うま》い。
同郷《どうきょう》。
10t
いつも
支《ささ》えてくれている
スタッフの面々《めんめん》。
皆《みんな》エロい。
HORIKOSHI'S ASSISTANTS
アシスタンツ

■ジャンプ コミックス

僕のヒーローアカデミア

1 緑谷出久：オリジン

2014年11月9日　第1刷発行
2021年7月19日　第38刷発行

著　者　堀　越　耕　平

編　集　株式会社　ホーム社
〒101-0051
東京都千代田区神田神保町3丁目29番　共同ビル
電話　東京　03(5211)2651

発行人　北　畠　輝　幸

発行所　株式会社　集　英　社
〒101-8050
東京都千代田区一ツ橋2丁目5番10号
電話　東京
03(3230)6233(編集部)
03(3230)6393(販売部・書店専用)
03(3230)6076(読者係)
Printed in Japan

製版所　株式会社 コスモグラフィック
印刷所　大日本印刷株式会社

ISBN978-4-08-880264-0 C9979